Chapitre 1

Dimanche 3 décembre

Le compte à rebours est enclenché. Justin a pourtant déployé toute son énergie pour faire vivre sa librairie.

Le rêve d'une vie, sans aucun doute.

Trois ans d'optimisme, de partage, d'ouverture.

Mais la réalité est sans appel : il sort plus d'argent qu'il n'en rentre. Les aides, les économies de départ, tout a fondu comme neige au soleil. Il se demande sans cesse, ces dernières semaines, s'il s'y est mal pris, s'il aurait pu faire autrement.

C'est trop tard à présent, et son petit Théodore a besoin de stabilité.

Désormais, il ne lui reste qu'à espérer une chose folle : qu'un repreneur se signale, et vite ! Cependant, son bilan n'étant pas florissant, sur quoi compter d'autre que la magie de Noël ?

Sans parler de ce que les villageois vont apprendre demain… Il ne s'est confié à personne, il n'y est pas parvenu. Certains vont lui en vouloir de découvrir la nouvelle ainsi, ça va être la douche froide.

En attendant, le mois de décembre démarre, la commune va se parer de ses couleurs et animations de Noël : une manière parfaite de s'affranchir des tracas quotidiens. Une parenthèse enchantée dans bien des vies.

Justin a très envie de participer à la liesse générale, de contribuer à animer le village et de remplir de joie le cœur de ses habitants, même si cela ne réglera clairement pas sa situation. D'autant que ce sera son dernier Noël avec eux, et que cette perspective lui serre les tripes.

Comme chaque soir, Justin termine sa journée bien après tout le monde. Il faut dire qu'il cumule : père célibataire d'un petit gars à croquer, mais encore trop jeune pour qu'on puisse parler d'autonomie, et un métier qui l'épuise même s'il lui a beaucoup apporté. Certes, il ne s'était pas imaginé en libraire sexy comme Hugh dans *Coup de foudre à Notting Hill*, mais il n'avait pas non plus anticipé tous les aléas et toutes les contraintes de cette activité. Heureusement, son logement est juste au-dessus de la librairie.

Ce soir, il voudrait laisser de côté l'épineuse question des comptes. Il aimerait tout de même partir la tête haute, sans trop de dettes, surtout auprès de ses fournisseurs. Il espère que les achats de Noël vont renflouer les caisses, et que les gens pousseront sa porte plutôt que de céder à la tentation des enseignes en ligne qui déposent les commandes dans les boîtes aux lettres en moins de temps qu'il n'en faut pour dire « ouf ».

L'objectif de cette fin d'année est de remettre en avant le stock et de limiter au maximum les commandes de nouveautés, ce qui n'est pas facile dans cette société qui aime le changement constant.

Justin a cédé aux conseils insistants de l'association des commerçants du bourg et a fait l'acquisition d'un pull de Noël bien moche, ainsi que de gadgets divers et variés pour décorer la boutique. Comme si ça pouvait suffire à lui faire oublier la triste réalité.

Encore un échec... C'est ainsi qu'il le voit, malgré les paroles réconfortantes de sa sœur, qui ne cesse de lui répéter que c'est une étape, une erreur peut-être, mais sans doute pas un échec. Quand il a suffisamment dormi, il est en mesure de voir les choses ainsi lui aussi, mais cela ne lui est pas arrivé depuis des mois. Entre la masse de travail, les préoccupations quotidiennes et la logistique pour s'occuper au mieux de Théodore, il parvient rarement à s'accorder plus de six heures de sommeil.

Il passe sa main derrière sa nuque, espérant que ça suffise à le tenir éveillé.

Et s'il allait se coucher tôt... enfin, avant minuit... rien qu'une fois...

— Papa, chouine dans son dos une petite voix encore pleine de sommeil.

— Oui, mon Théo. Qu'est-ce que tu fais là, sans chaussons à tes pieds, en plus ?

— J'ai rêvé que maman était revenue pour passer Noël avec nous. Même qu'elle faisait des cookies comme quand j'étais petit.

Justin sent son cœur de papa poule se serrer. Les rares souvenirs que l'enfant possède sont ceux qu'il se construit à partir de photos et de films que lui montre Justin. Ce souvenir, par exemple, vient d'une vidéo sur laquelle on voit Marie y confectionner les fameux biscuits, c'est vrai, mais Théo était encore un bébé qui n'en mangeait pas.

Comment dire, une fois de plus, à son enfant, que sa maman ne reviendra pas, que la magie de Noël peut faire beaucoup, mais pas ça. Alors il tente de faire diversion.

— Mon Théo, tu es encore petit…

— Pas tout petit, petit, quand même. Je commence à devenir un peu grand maintenant.

L'enfant aura six ans dans quelques semaines. Il fait preuve d'une maturité intellectuelle évidente combinée à une maturité affective très fragile. Selon le pédiatre, c'est souvent le cas : les enfants qui raisonnent très tôt ont en revanche les sentiments à fleur de peau, trop vifs.

— Et si tu retournais te coucher, histoire d'être en pleine forme demain pour l'école ?

— Je crois que je dormirais mieux avec une histoire de Noël, lance le petit garçon à la bouille malicieuse.

— Comme il est bien trop tard pour une histoire, je te propose un câlin-koala. Et après, au dodo sans négocier.

Justin prend son fils face à lui et l'entoure de ses bras. Il plonge le nez dans les cheveux bouclés de son enfant, un peu comme pour s'y blottir. Un besoin fort, quasi animal de saisir toute la chaleur de son petit déjà à moitié rendormi.

Certains prétendent encore que c'est de l'instinct maternel… Soit ce sont des âneries, soit Justin est une mère.

Chapitre 2
Lundi 4 décembre

Quand le réveil sonne, Justin a l'impression qu'il vient à peine de poser la tête sur l'oreiller. En réalité, il ne s'est pas attardé dans son lit bien longtemps. Après avoir recouché Théo, il a finalement décidé de gérer les commandes à passer et les mails en retard de réponse. De fait, il était déjà *demain* quand Justin s'est couché.

C'est comme ça depuis qu'il a ouvert sa librairie : une charge de travail titanesque. Aucun jour ne se ressemble, et si c'est agréable de ne pas se lasser dans son métier, les surprises ne sont pas toujours bonnes. Quand ce ne sont pas les factures des fournisseurs, c'est le prix du carburant qui augmente, entraînant une hausse des frais de livraison. Et quand ce n'est pas ça, c'est une référence scolaire provisoirement indisponible que l'enseignant aurait voulu se procurer en urgence pour sa classe… Du coup, tout le monde se rue en ligne où le titre est encore en stock.

Justin doit aussi réceptionner les arrivages, porter les cartons, les vider et les mettre en rayon. À l'inverse, il faut retirer les livres qui ne se vendront pas et qu'il faut renvoyer… et donc refaire des cartons, les porter et les rendre au transporteur.

C'est aussi beaucoup de travail administratif : s'occuper des appels d'offres avec les marchés publics, suivre la comptabilité, éplucher des tonnes et des tonnes de catalogues. Ceux des nouvelles parutions, et aussi ceux de la papeterie. Il s'y est mis rapidement afin de se diversifier un peu. Il assure même la vente du *Nice-Matin*, afin que les habitants aient leur quotidien.

C'est bien trop pour une seule personne, mais impossible d'embaucher, il n'a pas les reins pour cela. Alors il serre les dents et il fait au mieux. Parfois au détriment de Théo qui voit presque plus Célia, la jeune fille qui le garde, que son propre père.

En mode automatique, Justin se dirige vers la cafetière. Il boit trop de café, pourtant, il s'était promis d'en diminuer la consommation… Encore une résolution de début d'année qu'il n'aura pas tenue. Avec celle de prendre un peu soin de lui… La faute à ces maudites journées qui ne font que vingt-quatre heures. Qu'elles soient plus longues ne réglerait cependant pas son problème : il trouverait tout un tas d'autres choses à faire.

Le bruit du café, qui sort fumant de la machine, l'aide à finir de se réveiller. Il prend la tasse. Ni sucre, ni lait, le premier de la journée est toujours bien noir. Il quitte la cuisine, direction le salon et s'installe dans son fauteuil préféré : celui qu'il réserve à la lecture. Dans un petit chariot, il met tous les livres urgents. Il laisse glisser son doigt sur les nouveautés de la rentrée de janvier, puis soupire. Ce sera sans doute la dernière qu'il fera.

Pour l'instant, il choisit un titre en accord avec la saison : une comédie romantique de Noël. Il adore ça et ne comprend pas trop pourquoi seules les femmes assument d'en lire. Et encore, pas toutes. C'est vrai que c'est sirupeux et pas toujours crédible, qu'on sait que les personnages vont finir ensemble. Et alors ? Pourquoi ne pas s'accorder des moments de légèreté, avec des scénarios qui terminent toujours bien ? On en bave assez dans la vie quotidienne pour ne pas s'infliger les dix plaies d'Égypte aussi quand on lit.

Après quinze minutes volées à son emploi du temps infernal, Justin quitte son livre à regret, débarrasse immédiatement sa tasse. Il vérifie que tout est en ordre dans la maison, constate que son fils dort à poings fermés et décide de le laisser encore un peu sous la chaleur de sa couette. Il prend le babyphone et descend à la librairie.

Un des gros avantages de l'endroit, c'est de lui permettre d'habiter au-dessus de son lieu de travail et d'économiser ainsi en temps et frais de transport.

Il commence par prendre un chiffon et traquer la poussière. Rien de plus désagréable que de flâner dans des rayonnages au milieu desquels on n'oserait pas laisser traîner son doigt. Une fois le tour fait, il s'arme de l'aspirateur et commence à le passer tout en dansant. Pas besoin de mettre de la musique, celle qu'il a dans la tête lui suffit amplement. Alors il chante à tue-tête, heureux que le bruit de l'appareil couvre d'éventuelles fausses notes et que, le rideau étant baissé, personne ne puisse contempler ses déhanchés endiablés.

Une fois bien défoulé, il éteint l'aspirateur et découvre la petite bouille de Théo en face de lui. Ce dernier est assis sur la première marche qui relie la boutique à l'appartement, et bien qu'encore tout ensommeillé, il le regarde avec un sourire pétillant.

— 'jour papa, parvient à prononcer la petite voix encore hésitante de l'enfant qui se réveille.

— Bonjour bonhomme ! Je pensais avoir fermé la porte, désolé de t'avoir réveillé.

— Non, non, pouffe le petit Théo. J'avais plus sommeil et j'étais sûr que j'allais te trouver ici en train de gigoter. Alors je voulais voir ça.

La complicité qui unit ces deux-là est belle à voir. Certes, c'est le père qui est le roc, le pilier ; mais ce que le petit apporte au grand, cette énergie, cette joie de vivre à toute épreuve est tout aussi important.

— J'ai fini le gros du ménage de la boutique, on remonte se faire un chocolat chaud ?

— Ouiiiii, et après on retourne au dodo !

Justin le prend dans ses bras et l'emmène en direction de l'appartement.

— Bien joué, canaille ! Mais après, on se prépare et je te dépose à l'école.

La petite moue renfrognée de Théo ne laisse aucun doute sur son envie de s'y rendre. Cela étonne un peu Justin, car son fils aime d'ordinaire l'école.

Pas question de s'alarmer pour si peu, c'est sans doute l'arrivée du froid et un petit coup de fatigue.

Chapitre 3

Lundi 4 décembre

Une fois arrivé à l'école, Théo a retrouvé sa meilleure amie, Salima, devant la grille, alors il a filé comme l'éclair avec elle. Justin décide de passer par la boulangerie avant d'aller travailler.

— Salut Justin, clame la voix tonitruante du boulanger.

— Salut Marcel ! Tu assures même le service aujourd'hui ?

— Pas le choix, Paulette est au fond de son lit… ça sent la grippe à plein nez.

— Tu vas avoir du mal à être au four et au moulin, non ?

— T'inquiète pas, je me suis levé plus tôt pour fournir davantage dès le matin. Ma nièce va venir gérer la caisse au moment de la deuxième fournée. Sinon, ma foi, les gens attendront, que veux-tu que je te dise… On n'est pas en ville, hein !

C'est bien ce qui a attiré Justin vers ce village : l'envie d'échapper au rythme effréné des citadins. Il n'en pouvait plus du « métro, boulot, dodo » dans lequel il s'était enferré pendant trop d'années. Certes, c'était sécurisant d'avoir un emploi et un salaire qui tombe à date fixe, surtout avec un enfant à élever seul. Cependant, semaine après semaine, il constatait bien que le type qui ne lui souriait plus dans le miroir, le matin et le soir, au moment de se brosser les dents, frisait la déprime.

L'absence de Marie dans leur logement de l'époque avait renforcé ce sentiment de n'être plus à sa place, de tourner en rond dans une cage.

Un appel à candidatures sur le journal d'un groupement de communes, transmis par sa sœur, avait attiré son attention. Amener le livre là où les gens ont parfois du mal à trouver une épicerie, ça lui avait semblé audacieux. Aux maires du groupement de communes aussi, puisque son projet avait enchanté et qu'il avait reçu les coups de pouce nécessaires pour s'installer. C'était génial, mais soit il se débrouillait mal, soit les gens se fichaient de lire. Il aurait peut-être dû ouvrir un bar-tabac… Non, ce n'était pas son projet de vie. Il voulait offrir à Théo mieux qu'un lieu où les gens noient leurs chagrins dans l'alcool. Le bonheur n'est pas forcément plus facile à trouver au milieu des pâquerettes que des immeubles de douze étages.

Une fois arrivé à la librairie, Justin lance le deuxième café de la journée et savoure une brioche encore toute chaude. Le lundi, la librairie est fermée. C'est censé être son jour de repos. En réalité, il rattrape le retard de la semaine : mails, factures, commandes à passer, etc. Seul luxe : le faire à son rythme.

Ce n'est pas sa journée préférée.

Il tente de mettre du cœur à l'ouvrage : l'an passé, le mois de décembre avait été bon. Dans l'ensemble, les gens du coin étaient venus dans sa boutique pour effectuer leurs cadeaux.

On dit de lui que c'est un bon conseiller et qu'il sait trouver le livre qui convient à chacun. Alors, il fait son maximum pour contenter ses clients, et les faire revenir.

Il y a des fidèles, et il est heureux de les voir régulièrement franchir sa porte, même si certains sont très exigeants. C'est le prix à payer pour ne pas se faire préférer un algorithme. Alors chaque tintement de la porte qui s'ouvre est une fête.

Il est dix heures quand Justin reçoit la visite de la factrice. Elle apporte souvent des factures, mais il se fait toujours une joie d'échanger quelques mots avec elle. Dans les zones rurales, les tournées ne sont pas toujours faciles, surtout avec le froid. Même si on lui a proposé d'utiliser la voiture depuis belle lurette, Maud persiste à continuer la sienne à vélo.

— Tu comprends, Justin, ça m'entretient. Je suis plus de première jeunesse et pourtant j'ai toujours la cuisse ferme, affirme-t-elle en riant.

— Ouais, mais tu serais au chaud et un peu plus en sécurité, tu crois pas ? Tu m'as fait rudement peur le mois dernier quand le vieil André t'a percutée avec sa voiture.

— Oh, tu penses, il allait pas bien vite. Et il en faut plus pour faire tomber Maud.

Justin la regarde sérieusement, il lui offre la moue la plus sombre qu'il a dans son répertoire. Maud baisse la tête et confie en chuchotant :

— Et puis, je conduis pas. J'ai mon permis, mais j'ai une peur panique au volant. Personne le sait, alors je te confie mon plus grand secret.

Et de rajouter en le regardant dans les yeux de la manière la plus pénétrante possible :

— Maintenant que t'es au courant, j'ai pas d'autre choix que de te tuer…

Devant la mine déconfite de Justin, Maud part dans un fou rire.

— T'es con, j'y ai presque cru. Et sinon, tu m'amènes quoi, ce matin, oiseau de mauvais augure ?

— Rien, je voulais juste te faire un petit coucou. Et qui sait… te porter chance, ajoute-t-elle avec un clin d'œil.

Maud l'ignore, mais en effet, c'est bien de chance dont Justin a besoin aujourd'hui.

Chapitre 4
Lundi 4 décembre

Quelque part, à l'autre bout de la France.

— Romy, tu finis de débarrasser la table, s'il te plaît ? Les infos vont commencer et pas question que j'en rate une miette.

Jeanne fait partie de cette génération pour laquelle le journal télévisé, c'est sacré. Romy se moque allègrement de cette manie de sa mère. Si cette dernière bougonne un peu à la suite des piques de sa fille, elle ne raterait pour rien au monde son rendez-vous de la mi-journée.

— Maman, tu pourrais faire un effort quand je suis là. Tu sais bien que tu peux les regarder en différé, ou aller sur n'importe quelle chaîne qui te donnerait ta dose en continu.

Jeanne secoue la tête. Ils n'y comprennent rien, ces jeunes, avec leur mode de vie qui ne tourne pas rond. Les infos, ça se regarde en direct. Et surtout, elle ne raterait pour rien au monde celles présentées depuis vingt-trois ans par son animateur favori.

— Hors de question de faire faux bond à Pierre-Louis Merlot ! Si je regarde en différé, je suis certaine qu'il le saura, ajoute-t-elle avec une pointe d'ironie non feinte. Et j'adore sa manière de parler des régions de France. Surtout la rubrique des gens qui cèdent leurs commerces dans tous les coins du pays. J'aime bien, j'ai l'impression de me projeter dans d'autres vies.

— T'es pas bien, ici ? Qu'est-ce que t'irais faire dans une autre région ? demande sa fille, un brin moqueuse.

Jeanne a vécu quelques semaines loin d'ici dans sa jeunesse. Elle a travaillé un été dans le sud-est de la France, un job saisonnier de serveuse dans un restaurant. Que de souvenirs… et pas que ceux des promenades en bord de mer…

— Chut, ça commence, interrompt-elle sa fille, d'un ton auquel il ne manque presque qu'un roucoulement.

Le présentateur sort toutes ses dents dans un sourire digne d'une publicité pour un dentifrice. Romy lève les yeux au ciel à la vue de sa mère n'en perdant pas une miette. Heureusement qu'un contrôle de connaissances ne clôt pas le programme, car Romy est persuadée que sa mère n'est pas attentive à toute la misère du monde.

Après plusieurs minutes passées à écouter tout ce qui dysfonctionne aux quatre coins de la planète, arrive le moment tant attendu par Jeanne : les annonces du concept Helpvillages.

Le présentateur commence par parler d'un joli village d'Alsace, où un couple ne se décidera à partir à la retraite que lorsqu'ils auront confié leur café-épicerie à des jeunes désireux de contribuer au repeuplement du village. La formulation fait froid dans le dos. Romy se souvient d'une phrase malheureuse de ce type dans la bouche d'un ministre quelques mois auparavant.

Elle écoute d'une oreille distraite sa mère qui s'extasie à voix haute sur la beauté de l'endroit, mais regrette de n'être plus en âge ni de repeupler quoi que ce soit, ni de se lancer dans une telle aventure.

— Ah ouais, t'es à fond quand même ! s'étonne la jeune femme.

Hormis un bruit de bouche et quelques mouvements de main lui intimant de baisser d'un ton, Jeanne ne prête guère attention à sa fille.

La deuxième annonce vante les qualités d'un cabinet infirmier en plein milieu de la Lozère. Le soignant et sa compagne, enseignante, ont décidé de rejoindre la ville de Sète et son bord de mer. Une excellente affaire dans un coin qui aurait tendance à se transformer en désert médical et où les patients ne manquent pas.

Jeanne se saisit de la télécommande et semble sortir de l'état hypnotique dans lequel elle était plongée.

— Bon, ça me déprime, moi, cette casse de l'accès aux soins. Ils finiront par crever la bouche ouverte, dans les campagnes, si tout le monde se barre.

— Ben, maman, tu vas quand même pas rater la dernière annonce ? Et le petit mot final de Pierre-Louis Merlot !

— Moque-toi, mais dès qu'il sourit, cet homme, j'en reprends pour quelques années de vie ! J'ai toujours l'impression que c'est moi qu'il regarde dans les yeux.

Jeanne est un sacré phénomène, une force de la nature. Il lui a fallu un caractère bien trempé pour l'élever seule, sa Romy, tout en faisant fi du regard et du jugement des autres. Elle n'a jamais dit qui était le deuxième protagoniste de sa grossesse. Chaque fois qu'on le lui demandait, elle avait pris l'habitude de chanter *Elle a fait un bébé toute seule*. Même à Romy, qui avait fini par lâcher l'affaire, se persuadant qu'une maman en or valait mieux qu'un père en carton.

La dernière annonce met en avant une librairie dans l'arrière-pays grassois. Le propriétaire explique qu'il veut se rapprocher de sa famille, car il est papa solo. Le reportage montre un bel endroit, très cosy, dans le charmant village de Saint-Pélaire-sur-Siagne.

— Ouh là là, j'irais bien vendre des livres sur la montagne avec ce beau gosse, s'exclame Romy qui s'est prise au jeu.

N'entendant pas l'ombre d'une réaction, Romy cherche sa mère du regard et s'aperçoit que le visage de cette dernière s'est brusquement figé.

— Maman, ça va ? On dirait que t'as vu un fantôme ?

Le plus surprenant est que la quinquagénaire se lève, éteint la télé sans un mot et change de pièce. Romy jurerait l'entendre pleurer dans la cuisine. Elle n'a jamais vu sa mère agir de la sorte et se demande comment réagir. C'est le temps qu'il faut à Jeanne pour sans doute se reconstituer un visage impassible, revenir et déclarer comme si de rien n'était :

— Un carré de chocolat avec ton café ?

Chapitre 5
Lundi 4 décembre

Justin n'a pas eu le courage de regarder le mini-reportage consacré à son commerce. Il a déjà dû refuser la venue sur place de l'équipe de la chaîne, soucieux de ne pas ébruiter l'affaire avant la diffusion. Il sait que sinon il aurait pu se dégonfler et renoncer. Il avait donc filmé lui-même, depuis son téléphone. Il était également possible de se contenter de photos ou d'une simple mise en ligne sur le site Internet, mais apparemment ça fonctionnait moins bien. Il savait que son annonce serait donc la troisième, au moment où potentiellement les gens décrochent de leur télévision, pour débarrasser la table ou aller aux toilettes. Tant pis, il prenait le risque et espérait secrètement qu'aucun habitant du village n'allait regarder le journal télé jusqu'au bout.

En semaine, la librairie ferme sur le temps de midi. Au début, Justin était sur le pont de 9 heures à 19 heures sans interruption. Désormais, il sait qu'il se fatigue pour rien, alors il profite de la pause méridienne pour souffler, et aussi pour avancer dans l'administratif ou la gestion des tâches domestiques. Quand il avait ajusté les horaires de cette manière, il était convaincu qu'il allait pouvoir engloutir des pages et des pages, mais il s'était trompé. Décidément, libraire n'était pas le meilleur métier pour lire à longueur de journée.

Ce midi-là, comme tous les autres, Justin a verrouillé la porte d'entrée, sans baisser le rideau et il est monté dans son appartement. Aujourd'hui, il se sent bien plus fatigué que d'habitude. Alors après avoir mangé un bol de soupe et une tartine de fromage frais, il décide de s'allonger un peu. Une petite sieste lui fera le plus grand bien, surtout après avoir déballé quelques gros cartons contenant une commande de livres-jeux et de puzzles qu'il espère bien vendre pour Noël.

Il récupère son téléphone portable pour programmer une alarme. Vingt minutes devraient suffire à recharger ses propres batteries.

Un simple coup d'œil lui apprend qu'il a plusieurs appels en absence, mais également des SMS et des notifications WhatsApp. Un instant, il craint que l'école ait cherché à le joindre, qu'il soit arrivé quelque chose à Théo. Mais c'est bien le seul numéro qui n'est pas affiché sur son écran.

Il ne manquerait plus que…

C'est alors que le téléphone de la librairie sonne. Une fois. Deux fois.

Deux évidences lui sautent au visage : il ne fera pas de sieste aujourd'hui et l'émission semble avoir été regardée jusqu'au bout.

Chapitre 6
Lundi 4 décembre

Quelque part, à l'autre bout de la France.

— Je comprends rien à ton histoire, maman ! C'est quoi le rapport entre ce libraire et mon père ?

Jeanne essaie de rassembler les morceaux depuis une trentaine de minutes. Depuis qu'elle a pris conscience que les années passent, elle sait que s'il lui arrive quelque chose, Romy va se retrouver seule. Sans personne sur qui compter. Alors cette annonce, et le nom de ce village… C'est évidemment un signe. Tout cela remonte à plus de trente ans et rien ne dit qu'il y habite encore, mais c'est le village dont est natif le père biologique de Romy.

— C'est le même village, Romy ! Le même ! Je me suis toujours dit que je t'en parlerais un jour. C'est ton droit après tout !

Romy ne comprend toujours pas où veut en venir sa mère. Cette dernière a passé un été dans la région, elle n'en a jamais fait mystère. Or, il lui semblait que c'était à Cannes, pas dans ce patelin paumé.

Jeanne, en grande tragédienne, pleure à gros bouillons. Romy a toujours pensé que sa mère est une comédienne qui s'ignore. Toujours dans l'excès, aussi bien dans le bonheur que dans le chagrin, Jeanne ne fait rien à moitié. Romy se demande ce que sa mère va enfin lui révéler : elle n'est pas certaine que ce soit une bonne nouvelle. Il y a fort à parier qu'après cette discussion, sa vie en sera changée à jamais.

C'est le moment que Jeanne choisit pour prononcer les mots que Romy attend depuis toujours.

— Ton père... c'est le moment de tout te dire sur ton père.

— Ce libraire peut pas être mon père, tu dérailles. OK, il a un nom de vieux, mais il peut, à tout casser, être mon grand frère.

— Je sais, enfin. Ton père, chérie... enfin, celui avec qui je t'ai conçue... Il est né là-bas, je me souviens bien du nom de ce village.

Romy regarde sa mère, la bouche légèrement entrouverte. Elle craint de parler trop vite et de risquer que sa mère ne se renferme de nouveau. De plus, elle ne parvient pas à déterminer si elle est émue ou fâchée. Elle voudrait être indifférente.

— ... ne s'est jamais soucié de qui je pouvais être.

Cette dernière partie de phrase, elle l'a dite à voix haute. C'est au visage surpris de sa mère qu'elle le comprend.

— Il savait pas... il a jamais su. Je suis partie avant.

— Avant quoi ?

— Avant même que je sache que j'étais enceinte. Et après, j'allais pas foutre sa vie en l'air, elle était déjà toute tracée.

Alors, Jeanne s'ouvre enfin.

Cette rencontre, à une soirée sur la plage, avec ce jeune homme si différent d'elle. Et pourtant, leur complicité :

comme une évidence. Elle, de milieu modeste, éprise de liberté et de justice. Lui, issu d'une famille aisée, désabusé par une voie choisie pour lui. Un trop grand fossé les séparait.

Alors à quoi bon, essayer ? Autant rester amis, c'est important l'amitié. D'autant qu'il était déjà promis à quelqu'un d'autre : pas encore fiancé, mais c'était tout comme.

Alors il venait, presque chaque jour, depuis son village excentré.

Très vite, ils ont commencé à se voir après le service de Jeanne, toujours dans des lieux publics : bibliothèque, bars, expositions, musées. Comme le temps le permettait, ils flânaient dans les parcs. Quiconque les croisait, les trouvait toujours en pleine conversation. Évidemment, ça avait jasé, au départ. Très vite, ça s'était arrêté : ils étaient amis, ça sautait aux yeux.

Jeanne n'était en réalité pas indifférente. Elle l'avait tout de suite admiré : beau, drôle, brillant. Mais comme il ne sortait jamais de la camaraderie, elle avait gardé ses sentiments pour elle. C'était mieux ainsi.

Et puis, un soir, le dernier soir, ça avait dérapé.

Elle lui avait proposé de monter chez elle, dans la petite chambre louée pour l'été, pour prendre un dernier verre. La liesse de la fin de saison, le verre se transformant en plusieurs verres, puis en bouteille entière, ils s'étaient embrassés. Timidement, puis plus fougueusement. Les habits avaient volé, les corps s'étaient unis.

Au petit matin, ils avaient convenu de rester sur ce bon souvenir. De toute façon, elle retournait à Paris, les poches suffisamment pleines pour envisager de poursuivre ses études.

Le lendemain, elle avait bouclé ses valises.

Ses règles n'étaient pas revenues. Et elle non plus.

Un peu avant d'accoucher, elle avait cherché à le recontacter. Il était fiancé. Elle n'avait pas voulu s'imposer. Ni elle ni son enfant à naître.

Romy est sous le choc. Elle regarde sa mère, hébétée. Elle a toujours voulu savoir, elle a longtemps tenté d'ouvrir la porte du passé de sa mère. Sans succès.

Et aujourd'hui, sans prévenir… Qui aurait imaginé un truc pareil en regardant le journal de Pierre-Louis Merlot ? Que va-t-elle faire de cette révélation ? Continuer sa vie ou chercher à en savoir plus ?

Elle sait qu'elle va digérer l'information. Pour l'instant, elle a besoin d'air. Elle enfile un manteau, saute littéralement dans ses baskets et enfonce un gros bonnet sur sa tête. Elle se retourne vers sa mère contenant, à grand-peine, une explosion de larmes.

— J'ai besoin de marcher, se contente-t-elle de dire.

Sa mère opine et la laisse sortir sans trouver un mot à ajouter.

Chapitre 7

Mardi 5 décembre

Justin n'imaginait pas que son annonce créerait une telle marée. Il se doutait qu'il y aurait quelques reproches de la part des gens du village, pas que tout le monde irait de son commentaire. Si les gens achetaient autant de livres qu'ils exprimaient leur avis… Justin secoue la tête, il ne veut pas entrer dans ce genre de considération. La vie est dure pour tout le monde et forcément, quand l'argent manque, c'est la culture qui trinque.

Sur le site qui va de pair avec l'émission, il y a déjà une douzaine de messages. Justin s'installe devant son écran. Ce matin, cette lecture va remplacer celle de sa comédie romantique en cours.

Cela s'avère rapide et décevant, ce sont surtout des témoignages de soutien d'inconnus. C'est sympa, mais ce n'est pas ce qu'il recherche. Un des messages demande vraiment des informations sur le lieu, le chiffre d'affaires, les marchés obtenus et la marge de progression. Justin prend le temps d'y répondre avec le plus de transparence possible. Dans un autre message, une personne tente de négocier le prix et la possibilité de vendre autre chose que du livre, se permettant même un « parce que bon, le livre, ça se vend pas, la preuve ». Justin supprime ce texte… aussi insultant que déprimant.

Il se lève, saisit sa tasse qu'il vide jusqu'à la dernière petite goutte. La journée va commencer, identique à toutes les autres. Il faut commencer par aller réveiller Théo. Hier, son fils était sorti de l'école avec le sourire, sans plus aucune trace des réticences du matin. Aujourd'hui, il se doute que les retombées de l'émission vont arriver jusqu'à lui, que ses petits camarades vont lui poser des questions, alors il vaut mieux anticiper.

Il grimpe les marches quatre à quatre et arrive dans la chambre de son fils. Il a l'impression d'entrer dans un cocon tout chaud. Le souffle régulier de son enfant lui parvient. Il est là, encore en plein sommeil, roulé en boule avec son doudou, un lapin nommé Arsène. Alors il s'allonge au bord du lit et profite de ce fugace moment de bien-être tout près de celui qu'il aime le plus au monde. Il aurait presque pu s'endormir s'il n'avait pas remarqué deux petites billes toutes rondes qui le fixaient.

— Papa, tu vas t'endormir ! Et on va être en retard à l'école… dit-il avec sa petite voix de souris qui se réveille.

— Bonjour, mon canard. Il fait si bon dans ta chambre que j'aurais bien replongé une petite heure dans le sommeil. On va prendre le petit-déj ?

— Oui ! T'as fait des crêpes, hein ?

Il y a toujours de la pâte à crêpes dans le frigo de Justin. C'est la pièce maîtresse de leur alimentation, le remède à tous les maux. Mauvais temps : crêpes. Facture qui tombe au pire moment : crêpes. Maîtresse qui gronde Théo :

crêpes. Client de mauvais poil : crêpes. Sans oublier celles du petit-déj et celles parce qu'on en a juste envie.

Pendant que Justin est aux fourneaux – on les mange toujours directement sorties de la poêle chez les Mareuil –, Théo tourne méticuleusement sa cuillère dans son bol de chocolat chaud.

— Chéri, je dois te parler de quelque chose, annonce Justin en même temps qu'il dépose une crêpe fumante dans l'assiette du petit garçon.

— Il paraît que c'est jamais bon signe quand on dit ça.

Cet à-propos pourrait faire hurler de rire Justin si ce qu'il avait à lui annoncer n'était pas aussi triste.

— Tu as raison, chaton. Hier, je suis passé à la télé pour…

— C'est génial, ça ! T'es passé à la télé et on a pas regardé ? Je suis sûr que tous mes copains l'ont vu et pas moi. Oh, je vais avoir l'air d'une andouille à l'école ce matin, se plaint-il.

L'enfant ne s'arrête plus de parler et, maintenant, Justin va doublement le décevoir.

— En fait, j'ai pas le cœur à la fête, Théodore. Même si je travaille beaucoup, je ne gagne pas assez d'argent à la librairie. Alors j'ai parlé à la télé pour proposer à quelqu'un de venir s'en occuper à ma place.

La logorrhée de l'enfant s'arrête aussitôt : c'est rare qu'il entende son prénom en entier. Il regarde son père, les yeux écarquillés, la bouche entrouverte. Puis alors qu'une larme se détache, il prononce de manière déchirante :

— Mais on va aller où, nous ?

Chapitre 8
Mardi 5 décembre

Quelque part, à l'autre bout de la France.

Cet homme ne sait rien d'elle, ni même qu'il a eu une fille. Et rien ne certifie que c'est un homme bien.

Comment réussir à le connaître avant de décider de lui révéler ou non son existence ?

Voilà les questions qui ont tourné en boucle dans la tête de Romy pendant qu'elle faisait le tour du quartier. Son cœur n'a cessé d'osciller entre la peine et la colère. Cette révélation a mis en lumière une chose importante : depuis toujours, Romy a posé un mouchoir sur la vérité, faisant comme si elle vivait parfaitement avec. Or, aujourd'hui, elle ose s'avouer qu'elle ne souhaite qu'une chose : savoir qui est son père. Et malgré la boule dans son ventre, elle sait aussi qu'elle aime sa mère et qu'il est hors de question pour elle de perdre l'une en trouvant l'autre.

Elle a fini par rentrer, a pris sa mère dans ses bras. Les deux femmes se sont assises et Jeanne n'a rien tu à sa fille.

Tout se corse quand Romy comprend que sa mère ne connaît pas le prénom de cet homme.

— Enfin, maman, comment c'est possible ? C'était un ami avant d'être ton amant d'un soir. Vous vous êtes parlé pendant des heures et tu veux me faire croire que tu sais pas comment il s'appelle.

— En fait, c'est parti d'un jeu avec ses potes qui le surnommaient Marius. Du coup, en bonne fan de Pagnol, je lui ai dit de m'appeler Fanny. Si j'avais su que ce serait aussi prémonitoire, je m'en serais passée.

L'explication a beau être plausible, ça n'arrange pas les affaires de Romy. Comment retrouver cet homme après presque trente ans ? D'autant que physiquement, il y a toutes les chances qu'il ait changé, jusqu'à sa couleur de cheveux. Et il a peut-être même quitté le village de sa naissance, voire la région.

Romy demande à Jeanne de lui raconter un maximum de choses sur lui, n'importe quel détail qui lui permettrait de l'identifier. Trente ans après, ses souvenirs sont aussi flous que subjectifs. Il était beau – forcément –, plus grand qu'elle – mais Jeanne ne dépassant pas 1,60 m, ça n'aidait pas beaucoup – et avec un sourire qui la faisait chavirer. Avec ça, elle n'était pas fort avancée.

N'ayant que les souvenirs de sa mère comme appui et pas de nom, Internet ne lui sera pas d'une grande utilité.

— T'as quand même pas décidé de te pointer là-bas ? demande Jeanne stupéfaite.

— Je crois que si. Maintenant que tu mets les mots dessus, ça me semble la seule chose sensée à faire.

— Mais tu n'as rien, pas l'ombre d'une piste, objecte la mère.

— Maman, je crois que c'est le moment idéal ! Franchement, j'ai rien de mieux à faire dans les jours à venir.

Voilà des semaines que Romy ne travaille plus, qu'elle a tout plaqué pour se terrer dans l'appartement familial. Et s'il n'est pas question de la chasser, Jeanne aimerait voir sa fille se reprendre en main. Cette dernière a traversé une sale période, mais du temps de Jeanne, on taisait ce qu'on ressentait, on ne se laissait pas aller et on repartait de plus belle. Alors, à la réflexion, cette quête peut être l'étincelle nécessaire.

— Plus sérieusement, tu vas faire quoi ? Te pointer, la bouche en cœur et dire à chaque homme du village en âge d'être ton géniteur : « Coucou, Marius ! Tu sais pas que j'existe, je suis ta fille, en chair et en os ! » C'est bien ça ton idée ?

Romy pince les lèvres, pas flattée par la joute verbale de sa mère.

— Bon, t'as raison ! Mais on n'est pas dans une telenovela non plus ! Je vais pas leur jouer le coup de l'arrivée inopinée en pleine tempête de neige, avec une roue crevée, pour m'incruster incognito dans la vie de leur commune !

— Remarque, ce serait parfait dans une comédie romantique de Noël ! En plus, c'est la période, plaisante Jeanne avant de reprendre son sérieux. Non, en effet, tu vas devoir trouver mieux.

D'un coup, une idée lumineuse traverse l'esprit de la jeune femme.

Chapitre 9

Mardi 5 décembre

Théo avait raison, il faudrait bien se la poser, la question du point de chute, à un moment ou à un autre. Justin peut toujours faire marche arrière et reprendre son ancienne profession. Il a été bien inspiré de ne pas démissionner et de ne prendre qu'une mise en dispo. Il était conseiller principal d'éducation et il avait la chance d'être nommé dans un établissement qui proposait des logements de fonction. C'est souvent vieillot, et aussi un peu moins cher que sur le marché classique de l'immobilier. Et il n'aura pas besoin de convaincre un propriétaire ou un agent immobilier de sa solvabilité.

Il s'assied et se souvient pourquoi il a arrêté ce métier. Ne serait-ce pas un échec que d'y retourner ? D'autant que rien de ce qui le faisait souffrir n'a changé.

Le carillon retentit : rien de tel qu'un client pour le sortir de ses pensées.

Ce n'est pas vraiment un client, mais en matière de distraction, ça fera encore mieux l'affaire.

— Romain ! De retour au village ?

Romain est un jeune bûcheron qui bosse à l'année dans le coin, pour le service des Eaux et Forêts. Il prend toujours ses congés en décembre afin de s'adonner à une activité qu'il adore : la vente de sapins. Non seulement c'est lucratif, mais ça lui permet aussi de faire le plein d'interactions sociales. Il passe le reste de l'année au milieu des bois, et il n'est pas contre un petit shoot de civilisation, histoire de ne pas finir en train de glapir avec les renards.

— Eh ouais, mon pote, comme tous les ans ! Alors de quelle taille tu le veux, cette année ?

Justin voudrait se montrer raisonnable, car sa bourse est à l'exact opposé de ses envies, mais si c'est le dernier Noël qu'il passe avec son Théo à la librairie, il voudrait qu'ils s'en souviennent jusqu'à la fin de leurs jours.

— Le plus grand qu'on puisse faire entrer dans ce coin-là, répond-il en désignant une place près de la vitrine. Histoire que tout le monde en profite, aussi bien de l'intérieur que de l'extérieur.

— J'ai le sapin parfait dans mon camion, mec, je reviens !

Il ne faut à Romain que quelques minutes pour revenir derrière un énorme arbre dont l'odeur merveilleuse emplit instantanément la boutique. À croire que les épaules de cet homme ont été taillées pour déplacer des arbres de grande envergure…

Justin se demande s'il va vraiment réussir à faire tenir ce sapin à l'endroit indiqué. Et s'il ne va pas être obligé de manger des pâtes tout le reste du mois. Cependant, ce conifère est si majestueux et si odorant que son cœur se gonfle aussitôt de bien-être et d'optimisme. Hors de question d'y renoncer.

Soudain, les deux hommes se regardent et éclatent de rire de concert.

— J'ai vu large et il n'y a clairement pas la place de mettre ce sapin ici ! claironne Romain.

— Ouais, c'est comme toi, tu réalises peut-être pas ton gabarit.

— Eh mec, t'es pas en reste, porter des cartons de livres, ça entretient son homme, répond le bûcheron avec un clin d'œil. Dans le coin, les filles le disent, le libraire n'est pas seulement un intello…

Pendant un court instant, Justin est tenté de demander, dans les moindres détails, à son comparse ce qui peut bien se dire sur lui. En dehors du fait que ce n'est pas dans son tempérament, il y a plus urgent : réagencer l'espace pour accueillir son caprice du jour.

Devant son air dubitatif, Romain propose aussitôt un coup de main.

— Je m'y connais pas en déco d'intérieur, mais si je peux te prêter main-forte, c'est avec plaisir.

Les deux hommes s'activent aussitôt pour réorganiser l'espace et, quelques déplacements de présentoirs plus tard, le sapin trône, majestueux, au meilleur endroit de la boutique.

Justin sait déjà à quoi va ressembler sa soirée : décoration de sapin avec son p'tit gars.

Chapitre 10

Mardi 5 décembre

Quelque part, à l'autre bout de la France.

Romy est plutôt fière d'elle-même. Après des semaines de quasi-aphasie, avec pour seule envie celle de se terrer dans un trou, elle a repris sa vie en main.

Elle a cherché un gîte susceptible de l'accueillir entre quelques jours et quelques semaines, fait l'état de ses comptes et vérifié qu'elle avait tout le nécessaire en matière de vêtements et chaussures afin d'aller affronter le froid. Parce que si le département lui-même est un des plus ensoleillés de France, en altitude, ça caille et il arrive même qu'il neige.

La logistique n'a pas trop posé de problème. Maintenant, il va falloir qu'elle soit au clair avec son alibi. Hors de question de laisser passer une telle opportunité de savoir quel type d'homme est son père, tout en profitant d'un séjour au vert. Elle vérifie ses notes – oui, Romy est ce genre de filles –, répète les grandes lignes de son scénario.

Et elle se lance.

Une sonnerie, deux sonneries, trois… pourvu qu'elle ne tombe pas sur un répondeur.

— Librairie Des livres pour plaire, Justin à l'appareil, dit une voix dont le dynamisme lui plaît aussitôt.

— Justin, bonjour, je me présente… Romy Chanteclerc. J'ai vu votre annonce hier, au journal de Pierre-Louis Merlot. Et pour être honnête, je suis littéralement tombée sous le charme.

Un bruit de toux la stoppe dans son élan. Elle n'ose poursuivre.

— Mademoiselle… euh, Madame… je vous arrête tout de suite. Même si le concept pourrait marcher, je ne cherche pas à me caser. Ce n'est pas *L'amour est dans le pré* pour les bibliophiles. Je cherche un repreneur, pas une amoureuse.

Romy rougit et remercie le ciel de ne pas être dans la même pièce que lui. D'autant qu'elle trouve charmante sa manière de prononcer « amoureuse ».

Romy, reprends-toi, merde ! Tu vas pas te mettre à roucouler, en plus ! T'as un plan à tenir !

— Pardon, pardon ! Évidemment ! Je suis pas tombée sous votre charme, à vous !

Elle s'aperçoit que la façon de le dire n'est pas plus adroite, mais ce n'est pas le moment de flancher.

— Ce que je veux dire, c'est que j'ai eu un coup de cœur pour la librairie, et pour le village aussi, de ce que le petit reportage nous a permis de voir.

Plus un bruit de l'autre côté… Romy se demande si son interlocuteur ne lui a pas raccroché au nez, consciente qu'elle l'aurait presque mérité.

— Allô… tente-t-elle.

— Oui, je vous écoute attentivement. Je suis étonné de votre appel. Le reportage mentionnait bien de me contacter via le site du journal.

— Je sais bien, mais j'avais peur de me faire passer devant, et que la librairie soit déjà vendue, balance-t-elle du tac au tac.

— Madame Chanteclerc, si vous connaissez un tant soit peu le monde du commerce en général, et de la librairie en particulier, vous devez savoir que ce genre de transaction ne se fait pas en moins de vingt-quatre heures.

Quelle andouille, je fais… se sermonne-t-elle.

— Je dois reconnaître que je manque un peu d'expérience. Pour être honnête, j'ai un besoin… une envie de changer de vie.

— Certes, certes… et j'ai besoin, moi, d'avoir la certitude que ça vous conviendra, que vous êtes prête à vous porter acquéreuse et surtout que vous avez de solides garanties financières, objecte-t-il à son enthousiasme débordant.

Sans y avoir réfléchi une seconde, elle lui balance dans un souffle :

— OK, je prends un train et je viens vous prêter main-forte gracieusement tout le mois de décembre.

Chapitre 11
Mardi 5 décembre

Après réflexion, Justin se demande si c'est vraiment l'idée la plus brillante qu'il ait eue de passer le mois complet avec cette fille. Bon, en réalité, c'est elle qui l'a eue. Dans les faits, ça ne change pas grand-chose : elle va débarquer et il ignore si elle ne va pas se révéler plus gênante qu'aidante.

Il est bien parvenu à survivre à la journée d'hier, après tout. Il s'attendait à un déferlement d'habitants du village à la librairie pour lui déballer leur point de vue sur le reportage et sa volonté de partir. En réalité, il n'a vu personne… Et comme c'est le jour où la maman de Salima récupère les petits à l'école pour les emmener au judo, il n'a pas croisé grand monde.

N'ayant eu ni le temps ni le courage de traiter l'avalanche de SMS et de messages vocaux sur son téléphone portable, il n'est pas encore conscient de l'impact réel du reportage.

À son retour du sport, Théo était littéralement claqué. Les mauvaises langues n'ont sans doute pas eu le temps de l'atteindre, car il n'a rien dit, ni posé aucune question supplémentaire. Et son « waouh ! » devant l'énorme arbre odorant s'est aussitôt transformé en un bâillement tonitruant et un « j'ai sommeil, papa, on le décore demain ? ».

Justin, fatigué lui aussi – sans doute la retombée de l'excitation nerveuse –, était partagé entre soulagement et déception. Il s'imaginait déjà la partie de rigolade et les yeux de son fils scintillant aussi fort que les guirlandes lumineuses. Néanmoins, une fois Théo couché, il n'a pas demandé son reste lui non plus. Cela faisait des lustres qu'il n'avait pas fait une aussi longue nuit, sans interruption. Ce matin, il est reposé et prêt à refaire le monde.

En attendant, il va commencer par le rangement de l'appartement. C'est peut-être le moment parfait pour désencombrer. S'il doit bientôt partir, ce sera toujours ce temps-là de gagné. Théo l'appelle « Monsieur Propre », c'est vrai qu'il passe son temps à astiquer, au point qu'il se demande lui-même si ce n'est pas à la limite du maladif. Mais cette activité le soulage et lui vide la tête. Alors pourquoi s'en priver…

Il ignore à quelle heure arrive cette Romy Chanteclerc. Il ne se souvient même pas lui avoir demandé. Il ne pense pas qu'elle fera une candidate sérieuse. Quelqu'un qui peut se permettre de tout plaquer du jour au lendemain et pense qu'une librairie, ça se vend en moins de temps qu'il ne faut pour dire « ouf »… Il est persuadé qu'il va perdre son temps avec elle.

Alors pourquoi avoir accepté ?

Il espère qu'elle est dégourdie et que ça lui fera une aide précieuse pour les fêtes. Il n'est pas fier d'avoir accepté qu'elle l'aide à titre gracieux… de toute façon, il n'a pas une flèche. Il ne se tire déjà pas un salaire, il ne risque pas de pouvoir payer quelqu'un. En plus, elle sera peut-être plus encombrante qu'autre chose…

Après avoir déposé Théo au centre de loisirs, Justin décide de faire un crochet par la boulangerie, histoire de prendre la température.

Quand il entre, personne n'est au comptoir, il trouve cela surprenant. Un bruit d'ustensiles qui tombe se fait entendre en arrière-boutique. Dans les secondes qui suivent, c'est un Marcel flanqué d'un drôle d'air qui s'avance.

— Ça va, Marcel ? Paulette est toujours malade ? Tu fais une tête bizarre.

L'autre baragouine qu'en effet, elle ne sera pas en état de le servir aujourd'hui, que c'est encore un peu tôt. Justin trouve curieuse la manière qu'a le boulanger de s'exprimer. Il bafouille des phrases alambiquées, qu'il jurerait pouvoir interpréter de plusieurs manières. Justin mettrait bien cela sur le dos de la fatigue, or il est frais comme un gardon. Ce n'est pas le moment de virer parano, mais tout de même.

Marcel lui emballe une brioche feuilletée aux pralines roses : « Paraît que c'est la mode à Paname, tu m'en diras des nouvelles » clame-t-il avec un clin d'œil. Justin le trouve drôle avec son langage qui se veut jeune.

— Merci Marcel, je vais me régaler, je le sens.

Il lui tend une pièce de deux euros que l'artisan refuse avec un petit air contrit. « C'est pour moi, c'est un essai. Tu paieras la prochaine, si tu aimes. » C'est sûr, il a vu le reportage.

Un peu gêné, Justin le remercie et tourne les talons. Il franchit le seuil de la boutique, accompagné par le tintement de la porte. Et avant que la porte ne se referme tout à fait, une voix reconnaissable entre toutes ne lui échappe pas :

— C'est bon, il est parti, l'autre traître ?

Chapitre 12

Mercredi 6 décembre

Si on excepte les enfants surexcités et la mamie tantôt bavarde tantôt ronfleuse, Romy a fait bon voyage. Elle s'est arrêtée en gare de Cannes, et même si elle n'a pas pu voir la mer, l'air iodé lui a agréablement titillé les narines. Elle aurait bien fait un crochet au bord de la Grande Bleue mais ses deux grosses valises et son sac à dos vont la gêner.

Elle n'est pas venue dans ce but. Elle trouvera bien le moyen de redescendre en ville plus tard pour en profiter.

Accéder au village par les transports risque de ne pas être aisé. Elle va sauter dans un autre train pour se rendre jusqu'à Grasse, et de là, si elle n'a pas le courage de prendre un bus avec tout son barda, elle prendra peut-être un VTC.

Après avoir déambulé pour trouver son train, demandé à des gens aussi pressés et désagréables que les Parisiens, raté celui qui venait de partir et attendu trois plombes le suivant, elle se pose enfin, pour la petite demi-heure de trajet que représente la deuxième étape de son périple. Elle est épuisée et ne pense qu'au moment où elle s'affalera sur le lit moelleux qu'elle a vu en photo sur le site du gîte. Pourvu que les lieux soient fidèles à la description et que les avis en ligne n'aient pas été déposés par des amis complaisants.

Les jours à venir vont être intenses, elle n'est pas en vacances. Feindre d'être intéressée par le métier de libraire et la reprise de ce commerce ne va pas être aisé. Elle n'a jamais été très douée pour mentir et, là, elle va devoir donner le change quelques jours, peut-être même plusieurs semaines.

Quand son train arrive à destination, elle s'aperçoit qu'elle s'est assoupie quelques minutes. Elle regrette de ne pas avoir profité davantage du paysage. Elle sort de la gare, arrive sur une très belle place. Même si on est en plein centre, les palmiers indiquent clairement le changement de paysage. Et le soleil brille haut dans le ciel, en plein mois de décembre. Elle enlève son gros gilet et le noue autour de ses hanches.

Elle sort son téléphone portable, lance l'application de VTC, remplit l'adresse de sa destination. Le montant qui s'affiche et le temps d'attente la découragent. Elle va devoir jouer serré avec son budget, alors elle part en quête d'un bus. Elle a plus de chance, car le suivant part un petit quart d'heure plus tard.

Cette fois, elle compte ouvrir grand les yeux et profiter de la vue.

Ce qu'elle n'avait pas prévu, c'est d'avoir le cœur au bord des lèvres tout le long du trajet. Elle se serait bien traitée elle-même de petite nature, car la route n'était ni sinueuse ni escarpée. Mais Romy n'est pas une habituée du bus et ignorait qu'elle ferait le trajet, armée d'un sac pour éviter de vomir sur elle et sur les sièges.

Arrivée au village, la première chose qui l'éblouit, c'est cette petite place au milieu de laquelle trône une jolie fontaine. Aucun doute, elle a bien quitté la côte pour l'arrière-pays. Non seulement, c'est beaucoup plus calme, mais en plus, la température a chuté de quelques degrés : elle enfile à nouveau son gilet. L'atmosphère est tellement plus respirable, elle s'en aperçoit dès la première goulée d'air frais. Et cette luminosité incroyable, ce ciel bleu à perte de vue, elle n'en revient pas !

Elle ignore de quoi seront faits ces prochains jours, mais la première impression est tellement forte que l'espace d'un instant, elle se verrait presque y poser définitivement ses valises.

Elle aperçoit la librairie, nichée au sein de cette place circulaire. Elle est tentée de s'y rendre immédiatement, et elle se retient. Elle va d'abord passer au gîte, poser ses bagages et faire un brin de toilette.

Ce n'est certes pas un rencard, mais autant éviter de donner comme première impression une allure négligée et l'odeur d'un rat musqué.

Chapitre 13

Mercredi 6 décembre

Justin comprend la réaction de la boulangère. Ce village, c'est comme une famille. Même s'ils ne sont pas là depuis si longtemps, Théo et lui ont bénéficié d'un accueil hors du commun. Tout le monde a mis la main à la pâte pour l'aider à retaper le logement qui va avec la librairie. Si le local commercial n'a nécessité que des travaux pour l'adapter à son activité, l'étage avait été complètement laissé à l'abandon par le précédent propriétaire.

Alors, dans l'association des commerçants de la ville, chacun a proposé d'aider, à sa manière. Non seulement en venant faire du plâtre et de la peinture, mais aussi de la plomberie et de l'électricité – ça tombait bien, Justin est flanqué de deux mains gauches, comme dit l'expression. Les moins manuels ont contribué autrement : les propriétaires du gîte l'ont hébergé avec son fils à prix mini et, entre le boucher, le boulanger et les itinérants du marché du samedi, il n'a pas eu à se soucier de cuisiner.

Alors, s'en aller ainsi, sans leur avoir parlé au préalable… il ne peut pas s'étonner de la réaction de Paulette. N'empêche, ça fait mal. Il n'est pas encore parti et pourtant c'est comme s'il n'était déjà plus là dans le cœur des habitants du village.

D'ailleurs, la factrice n'est pas passée aujourd'hui. Elle s'est contentée de déposer son courrier dans la boîte. Elle n'avait jamais fait ça auparavant.

Quand le carillon retentit enfin, Justin se réarme de son sourire. Tout le monde n'est donc pas fâché après lui.

Romain passe la tête :

— Ça va, mec ? Tout le monde ne parle plus que de ton passage à la télé…

— Ouais, j'imagine, soupire Justin. Tout le monde en parle, mais personne me parle…

Romain entre plus franchement dans la boutique et Justin prend cela comme une invitation à s'épancher davantage.

— Je me doutais que ce serait un choc, que ce serait mal perçu. Mais là, on dirait qu'une vague de blizzard s'est abattue sur le pays.

— Le prend pas pour toi, Ju' ! Tu sais bien que c'est dur pour tout le monde, qu'ils sont nombreux à s'accrocher pour pas mettre aussi la clé sous la porte et céder aux sirènes des grandes villes. Ta décision, ça renvoie tout le monde à ses propres angoisses, à ses propres interrogations.

— Si tu le dis…

— Et j'ai raison, mec, c'est comme ça. Bon, je venais te dire que j'ai installé mes sapins sur la place. La vente annuelle est officiellement lancée. Demain soir, j'offre le vin chaud pour l'occasion. Passe, tu auras l'opportunité de renouer le dialogue.

Justin ignore s'il aura le courage d'affronter les regards et les questions. De plus, il va devoir trouver quelqu'un pour Théo. En semaine, Célia ne le garde qu'en journée. Elle est encore lycéenne et ses parents ne rigolent pas avec le sommeil et les études.

En attendant, il s'active pour traiter la commande du collège du coin. Il sait qu'avec leurs comptes à boucler en fin d'année civile, il ne doit pas trop traîner. Et puis, ça tombe doublement à pic. Pour les finances, mais aussi pour se changer les idées.

Et s'il avait commis une erreur avec cette annonce ?

Chapitre 14

Mercredi 6 décembre

Le gîte est encore plus chouette que ce que le site Internet le laissait supposer.

Romy était attendue par Daphné et Gary, le jeune couple qui a repris l'affaire il y a quatre ans. C'est une belle maison d'hôtes qui allie avec subtilité le rustique et le moderne. Le bâti, plutôt ancien, est restauré avec soin : des murs épais, des pierres et des poutres apparentes. Et l'intérieur marie à merveille le style provençal avec un mobilier très contemporain. Le mélange peut paraître surprenant et pourtant on s'y sent tout de suite à l'aise.

Daphné est une jolie brunette, un tout petit bout de femme. Elle respire la joie de vivre et semble montée sur ressorts. Elle accueille Romy avec un accent chantant qui donne immédiatement le ton : c'est une fille de la région.

— Bienvenue au village ! Ici, on a tendance à tutoyer tout le monde ! Sauf si ça te dérange…

— Non, c'est parfait, répond Romy. Et puis, on doit avoir sensiblement le même âge…

— C'est vrai ! Gary est sorti faire quelques courses, tu le rencontreras plus tard. On va commencer par déposer tes affaires dans ta chambre.

Romy est fourbue, mais elle n'en laisse rien paraître et s'engage à la suite de sa logeuse. Elles empruntent un escalier qui les emmène à l'étage, où se trouvent les chambres.

— La tienne, c'est la deuxième, annonce Daphné en insérant la clé dans la serrure.

Elle ouvre grand la porte, et fait signe à Romy d'entrer la première. Celle-ci est heureuse de constater que c'est un vrai petit nid douillet, là encore une alliance subtile entre le rétro et le moderne. Le tout dans un joli camaïeu de jaune et d'orangé, à l'image de la Provence.

— Alors, ça te plaît ?

— C'est encore plus joli que sur les photos, je vais m'y sentir comme chez moi.

— Tu veux te poser un peu et que je te montre les espaces communs ensuite ?

Romy réfléchit. Elle ne rêve que d'une douche. Elle craint que si elle prend le risque, ne serait-ce que de se déchausser, elle ne sortira sans doute plus de sa chambre.

— Si ça ne te dérange pas, je préfère commencer par faire un tour au village tant qu'il ne fait pas encore nuit.

— C'est toi qui décides. Tu sais ce que tu vas manger, ce soir ?

— Soit je mangerai sur le pouce au village, soit je prendrai un sandwich.

— Parfait, Gary ou moi t'expliquerons demain les options possibles pour te restaurer au gîte. Tu as les deux clés sur le trousseau : la petite pour ta chambre et la plus grosse, c'est celle de l'entrée. On la verrouille à partir de 21 heures.

Romy résiste à son envie de s'affaler sur ce lit qui semble n'attendre qu'elle et lui promettre un délicieux moment. Elle est consciente que si elle s'y aventure, elle ne se relèvera pas. Or, ce n'est que le milieu d'après-midi : elle doit découvrir le village et se présenter à Justin.

Elle a bien choisi son logement, car elle se trouve à quelques dizaines de mètres de la librairie, mais également du centre du village et de ses commerces. Vêtue d'une tenue à la fois seyante et confortable, chaussée d'une paire de baskets légères, elle ferme la porte derrière elle et se dirige vers sa nouvelle vie. Elle a reçu un nombre conséquent de messages de sa mère. Elle patientera jusqu'au soir, le temps que Romy ait de la matière à raconter, pour avoir des réponses. Elle se fend tout de même d'un : « Tout va bien, je t'écris plus tard. »

Quand elle franchit le pas de la librairie, elle sourit spontanément au tintement du carillon d'entrée. Ce petit bruit délicat est une vraie invitation à se réfugier dans cet endroit. Cela fait des mois qu'elle n'a pas réussi à ouvrir un livre. C'est peut-être l'opportunité de renouer avec ce qui la réconfortait auparavant : la lecture.

Une deuxième chose lui fait aussitôt apprécier d'être là : le sourire de cet homme de l'autre côté du comptoir, sa chevelure noire où quelques fils déjà gris se détachent harmonieusement, ses yeux d'un gris intense. Sa première impression ne se dément pas et, à mieux le regarder, c'est sur le propriétaire, plus que sur la boutique, qu'on aimerait poser une option.

Chapitre 15
Mercredi 6 décembre

Il n'a jamais vu cette jeune femme au village. Une jolie brune aux cheveux longs et raides qui dégage un mélange confus de fragilité et de détermination, comme ces oiseaux migrateurs qui bravent le danger pour rejoindre des contrées plus accueillantes. Justin se surprend à avoir des pensées pareilles et s'aperçoit qu'il offre à cette étrangère un sourire béat comme il n'en a sans doute pas offert depuis que… non, non, ce n'est pas le moment de penser à elle. Il refoule les larmes qui pourraient s'inviter, là, tout de suite.

— Bonjour, je peux vous aider ?

— Je pense que c'est moi, au contraire, qui vais vous aider, répond la jeune femme avec un sourire qui le fait presque vaciller.

Le coup de foudre au premier regard ? Qui sait ? Il paraît que ça existe. Ça ne garantit pas une histoire solide, mais Justin est sensible à cette chaleur qui l'envahit.

Il ne lui faut que quelques secondes pour comprendre qui est la nouvelle venue.

— Ah, suis-je bête ! Vous êtes Romy, c'est ça ?

— Perspicace, en plus !

Il lui demanderait bien « En plus de quoi ? », mais s'il commence à faire du charme à la potentielle repreneuse, il va juste réussir à se créer des soucis supplémentaires.

— En effet, ça fait partie de mes nombreuses qualités. Or je doute que vous soyez venue pour cela. Je vous offre un thé ou un café ?

— C'est pas de refus ! Je suis plutôt café.

Elle enlève sa veste et lui demande :

— Je peux poser ça quelque part ? Je serai plus à l'aise !

Il la débarrasse, s'éclipse un instant pour tout déposer en réserve, et revient. D'un large geste, il désigne sa boutique :

— Et voici ma jolie petite librairie !

— Elle est moins petite que ce que j'imaginais de l'extérieur.

Justin a voulu que cet endroit soit un repaire pour les petits et les grands. Des tentures réchauffent la pièce et deux fauteuils permettent à qui veut de se poser un moment pour feuilleter quelques pages. Un endroit dont on n'a pas envie de sortir, à moins d'avoir les bras chargés. Un endroit où on a envie de revenir. C'est plutôt réussi s'il en croit les retours de ses habitués. Le souci c'est que sa clientèle n'est soit pas assez nombreuse, soit pas assez dépensière.

Après avoir échangé un café et quelques politesses d'usage, il continue à la renseigner.

— Un des gros avantages de ce bien, c'est d'avoir un appartement attenant. C'est un gain de temps précieux ! Je vous le ferai visiter, mais pas tout de suite, je vais devoir aller chercher mon fils au centre. J'ai l'habitude de fermer quand je le récupère. Je mets une affichette « de retour dans quinze minutes », les habitants savent. Si vous voulez en profiter pour vous familiariser avec les lieux, je peux vous laisser aux commandes du navire.

Elle fait un tour sur elle-même, comme une enfant à qui on annonce qu'elle détient les clés d'un magasin de bonbons.

— Vous n'avez pas peur que je parte avec la caisse ? demande-t-elle d'un ton espiègle.

— Alors là, aucun risque de ce côté-là aujourd'hui. Ma seule richesse, c'est le fonds. Or, je ne vous sens pas taillée pour embarquer tout mon stock en si peu de temps.

Elle le regarde avec une sorte de grimace circonspecte. Elle ne sait pas trop s'il la taquine ou s'il remet en question le fait qu'elle puisse être à la hauteur du job. Dans le doute, elle préfère en rire. En revanche, elle décline sa proposition.

— M'en veuillez pas, je suis épuisée. Je vais m'acheter une bricole en guise de dîner et je vais me coucher tôt. Demain, promis, je serai là un peu avant l'ouverture. Avec des douceurs pour accompagner le café.

Chapitre 16

Jeudi 7 décembre

Théo a râlé ce matin au moment de partir à l'école. Il voulait voir Romy. Justin a eu bien du mal à le convaincre de s'habiller, de manger ses crêpes et de prendre le chemin de la classe.

Lui-même s'est réveillé après une nuit agitée de laquelle il ne conserve que les souvenirs parcellaires des rêves qui l'ont accompagné. Il y était question de cette jeune femme qui lui disait des choses confuses sur le rachat de la librairie, des habitants qui l'ignoraient et d'un concours gagné. Autant de choses issues de ce qui le tracasse et qui se sont emmêlées dans son sommeil, ne le laissant pas récupérer de l'intensité de ces derniers jours.

S'il est ravi à la perspective d'avoir quelqu'un pour l'aider et, potentiellement, reprendre la librairie, il sait qu'il n'aura pas une minute à lui et devra faire bonne figure à longueur de journée. Romy semble particulièrement sympathique, même s'il serait malhonnête de ne pas reconnaître que son joli visage l'influence dans cet a priori positif.

Justin a un peu traîné aujourd'hui, d'autant plus qu'il n'avait pas besoin de passer à la boulangerie. Ce qui lui aura économisé du temps et à n'en pas douter quelques sarcasmes de Paulette. Quand Romy heurte à la devanture, il éteint l'aspirateur. Elle tend devant elle un énorme sachet et arbore un large sourire. Finalement, cette journée devrait être agréable. Justin pose l'appareil et se dirige vers la porte, qu'il déverrouille.

— C'est beau, un homme qui fait le ménage. C'est votre femme qui doit être contente.

Justin retient une grimace qui n'a sans doute pas échappé à Romy, qui se reprend l'air de rien.

— Oups, remarque rétrograde de nana hétéro cisgenre… bref, tout le monde peut passer l'aspirateur de nos jours.

— Je vis seul avec mon fils. Sa maman nous a quittés, il y a presque quatre ans maintenant.

Devant l'air confus et le visage cramoisi de la jeune femme, Justin enchaîne :

— Ne vous en faites pas, j'ai appris à vivre avec. On va pas se laisser gâcher les viennoiseries, hein ? Surtout que j'ai pas pris mon petit déj exprès !

Romy tend le sachet à Justin, qui s'en empare, et lui fait signe de la suivre.

— On va boire le café ici. On aurait pu monter le boire là-haut, mais je vais bientôt ouvrir…

— … et vous n'allez quand même pas me faire monter chez vous dès le premier rendez-vous, ajoute-t-elle dans une volonté de détendre l'atmosphère.

Justin part d'un rire franc, le malaise est clairement passé. Il espère que Romy est aussi drôle que charmante. Et surtout qu'elle est débrouillarde.

— Comme vous pouvez le constater, la journée commence avant même l'ouverture du magasin. Je n'ai pas encore les moyens d'embaucher quelqu'un pour assumer le ménage à ma place. Peut-être que vous serez vite en mesure de le faire.

— On verra à l'usage, ranger et nettoyer, ça ne me dérange pas. Au contraire, ça me vide la tête.

— J'avoue que j'adore passer l'aspirateur avec la musique à fond. Théo, mon fils, vous dirait que je danse plus que je n'aspire. Perso, je trouve que ça m'économise un cours de zumba en salle de sport.

— C'est pas commun, un mec qui aime la zumba !

— Je suis pas un mec commun, ma chère Romy ! Vous allez vite vous en apercevoir.

Justin se fait la réflexion que c'est sa librairie qu'il est censé vendre, pas lui. Si tant est qu'elle est séduite par la perspective de reprendre son commerce, il faudra que de son côté, il s'en aille. Une ombre fugace traverse son visage, mais Romy est déjà passée à autre chose.

Alors qu'il leur prépare du café, elle flâne dans les rayons, fait passer ses doigts sur les dos des livres, en retire parfois un de son rangement. Elle va de petit cri en petit cri chaque fois qu'elle tombe sur un volume qui lui plaît ou sur une histoire qu'elle connaît.

— J'adore les livres. Chacun d'entre eux renferme un univers. J'entends souvent dire que lire, ça coûte cher. C'est vrai en partie, mais c'est surtout voyager à petit prix. Partout, vite et sans aucun danger. C'est vivre mille vies : tomber amoureuse sans souffrir de la rupture, monter dans une navette spatiale et découvrir d'autres civilisations, se mettre dans la peau d'un serial killer sans risquer la prison.

Justin ne va pas tout de suite lui dire que le quotidien d'un libraire, ce n'est malheureusement pas cela, qu'il faut faire face à tout un tas d'impératifs qui sont loin d'être de la fiction. Il ne va certes pas lui mentir, mais le but est tout de même que la passion soit assez forte pour qu'elle mette sa signature en bas d'un papier, chez un notaire. Et s'il abordait maintenant la question de sa solvabilité ?

Romy ne lui en laisse pas le temps :

— Ah d'ailleurs, la boulangère, elle avait l'air remontée contre vous. Quand j'ai dit que je voulais me faire bien voir de vous, elle a balancé que si elle avait pas craint de me faire du mal à moi aussi, elle aurait collé du laxatif dans vos chouquettes !

Chapitre 17
Jeudi 7 décembre

Cette première matinée n'a pas été assez longue pour Romy. Elle a découvert de nombreux rouages du métier de libraire – elle trouve cela passionnant et regrette presque de ne pas être réellement venue pour cela –, mais la seule chose qui l'intéresse, c'est de faire connaissance avec celui qui, sans le savoir, a contribué à son existence. Elle doit prendre le temps de peaufiner son alibi et de faire connaissance avec tout le monde dans le village. S'il est encore là, elle va trouver qui il est. Et même s'il n'habite plus là, elle devrait bien rencontrer quelqu'un qui l'a connu et remonter jusqu'à lui. Il n'est pas impossible que ça lui prenne du temps, mais elle a envie de tenter le coup.

À la pause de midi, elle a décidé de rentrer au gîte. Justin lui a proposé de déjeuner avec lui, or elle a envie d'un peu de temps pour réfléchir. Elle en profitera pour manger quelque chose, et aussi pour explorer tout ce qui est à portée de jambes.

Le village est magnifique et, malgré la période, elle s'émerveille du ciel bleu et du temps doux et sec, surprenant pour la saison. Sa petite veste sans manche est presque de trop.

Quand elle arrive au gîte, Daphné est occupée au téléphone. Gary l'accueille le sourire aux lèvres. Décidément, tout le monde respire la joie de vivre ici.

— Romy, c'est ça ?

L'intéressée opine de la tête.

— Enchanté, je suis Gary, l'insupportable mari de Daphné. Comment se passe cette première journée dans le plus beau village de France ?

— À merveille, je le reconnais. Le temps est idéal, le village est magnifique. Et pour l'instant, tout le monde a été adorable avec moi.

— On est comme ça, ici ! On chouchoute les gens et, s'ils sont sympas, on les incite même à rester.

— C'est un peu le projet ! s'exclame spontanément Romy. Je suis la potentielle future libraire du village. Vous allez devoir tous vous appliquer à me donner envie de poser mes valises.

Le visage de Gary se rembrunit de manière à peine perceptible. Il fait mine de renifler quelque chose.

— Ouh là ! Vous m'excusez ? Je crois que j'ai un truc en train de cramer dans le four !

Il file, laissant une Romy perplexe, incapable de sentir la moindre odeur. Elle jurerait qu'il a trouvé le moyen de s'éclipser. Les habitants sont contrariés de voir partir Justin, mais ce n'est pas sa faute… d'autant qu'en réalité… elle a fort peu de chances de rester.

Heureusement, Daphné a raccroché :

— Alors, comment se passe ta découverte du village ?

— Pour l'instant, c'est parfait ! s'exclame-t-elle en choisissant de taire la réaction glaciale de Gary.

— Ah, j'ai oublié de te proposer quelque chose. Ce soir, le bûcheron qui assure la vente de sapins offre un pot sur la place. Il y a toujours une belle ambiance. Tu devrais venir.

— Excellente idée, opine Romy. Je vais y réfléchir.

— D'autant qu'il a des épaules qu'on ne peut qu'admirer, ajoute son hôtesse avec un petit clin d'œil complice.

— Alors si c'est pour mater un beau gars, l'argument fait pencher la balance. Sinon, tu as quelques minutes pour finir de m'expliquer le fonctionnement du gîte ?

Daphné lui montre le jardin, la terrasse couverte. Elle enchaîne avec les espaces communs et l'amène dans la pièce dédiée aux repas.

— Ici, c'est la salle à manger. Au centre, la grande table pour ceux qui veulent en profiter et manger ensemble. On propose aussi deux tables individuelles pour ceux qui ont besoin de calme. Comme tu peux voir, il y a un grand frigo, un four, des plaques – et même un lave-vaisselle. Tu peux donc faire quelques courses et cuisiner. Tu peux également profiter de mes bons petits plats. Il suffit de me prévenir. Je prévois souvent large, mais si tu peux, je préfère anticiper. Des questions ?

— Non, c'est génial. Je vais organiser mon planning et, en fonction, je te dirai quels jours je goûterai ce que tu concoctes.

Elle hésite à aller faire des courses, mais préfère se poser quelques minutes dans sa chambre. Elle en profite pour passer un coup de téléphone à sa mère.

— J'ai bien cru que tu avais déjà retrouvé ton père et oublié celle qui t'a élevée toutes ces années, attaque Jeanne sans préambule.

— Maman, tu crois pas que t'exagères un peu, là ?

— Enfin bon, t'es à peine partie que j'ai déjà plus de nouvelles, ronchonne la mère.

— Tu en fais toujours des caisses. T'es terrible, tu sais ?

Jeanne fait comme si elle n'avait rien entendu et bombarde sa fille d'interrogations de toutes sortes. Tout y passe : son voyage, son installation, ses impressions sur le village. Romy répond aux questions-mitraillettes de sa mère et lui confie que, pour l'instant, elle n'a pas croisé grand monde.

— J'espère que mon idée de prétendre reprendre la librairie ne va pas tout faire capoter. Justin doit être très apprécié et je pars forcément perdante face à lui.

— De toute façon, tu vas pas racheter ce commerce, donc tu risques rien.

— Oui, tu as raison. Passer pour une grosse menteuse, c'est beaucoup mieux, ironise Romy.

Après avoir promis à sa mère de l'appeler régulièrement, même pour quelques instants, Romy décide de s'accorder une sieste d'une vingtaine de minutes. Elle n'a pas vu venir le coup de barre. Sans doute le changement d'air, le retour à une vie active. Le voyage aussi. Elle s'est tellement retirée de tout, ces dernières semaines, que se remettre à vivre lui semble épuisant.

À son réveil, elle a la tête qui tourne un peu. Elle se souvient qu'elle n'a pas déjeuné. Elle va voir si Daphné peut lui proposer quelque chose.

Elle trouve cette dernière occupée, à nettoyer la pièce de restauration.

— Pas de problème ! En revanche, le service de midi étant bouclé, je ne peux te proposer que quelque chose de très simple. Au fait, tu as décidé combien de temps tu veux rester ?

— Sans doute le mois complet.

— J'imagine que tu rentreras en famille pour les fêtes de fin d'année de toute façon.

Romy espère secrètement que c'est sa mère qui la rejoindra ici pour fêter Noël. Mais il est bien trop tôt pour augurer une telle issue.

— Je t'avoue que je ne sais pas. Déjà, je veux voir si le métier de libraire peut me convenir. J'ai convenu de me laisser le temps. J'ai vécu des choses difficiles ces derniers mois, alors je resterai le temps qu'il me faudra. Et tant que la chambre est libre.

— Pour l'instant, j'ai plus de place que de demandes de location. Je te tiendrai au courant si la tendance s'inverse. On ne fait pas le plein l'hiver, en général. On n'est pas à assez haute altitude pour les amateurs de neige et de ski.

Pendant qu'elles discutaient, Daphné lui a préparé une omelette généreuse et un bol de crudités de saison. Elle découpe une large tranche dans une miche de campagne, puis un morceau d'une tomme de brebis odorante.

— D'habitude, je cuisine chez moi. On a, tu t'en doutes, un espace à nous. Goûte-moi ça, c'est simple, mais ça ne devrait pas t'empêcher de te régaler.

L'estomac de Romy émet un gargouillis tel qu'elle ne pourra pas contredire Daphné. Le pain croustille et la sauce des crudités est divine.

— Je te laisse, je dois préparer le dîner. Comme on sort ce soir, je veux que tout soit prêt. On a une nouvelle arrivante, et j'ignore ce qu'elle choisira de faire.

Romy va devoir se décider d'ailleurs.

— Et si j'arrive à la convaincre, tout comme toi, on pourrait manger tous ensemble avant de s'y rendre. Ça permettrait de faire connaissance, non ?

— Je crois que ton mec n'a pas très envie de me fréquenter.

— T'inquiète, il va finir par digérer la nouvelle. Il est pote avec Justin alors il est contrarié de l'avoir appris à la télé. Il saura faire la part des choses.

— Tu y arrives bien, toi.

— Ouais, mais ça m'a bien foutu les boules. On fait partie des derniers arrivés à Saint-Pé. Et même si ça marche bien pour nous, on est conscient qu'on peut tout perdre du jour au lendemain.

Chapitre 18

Jeudi 7 décembre

Justin vérifie le contenu des dernières commandes reçues quand il entend qu'on essaie d'entrer. Il peste quelques secondes après les gens qui ne respectent pas les horaires quand il se souvient que c'est sans doute Romy qui revient. Il s'empresse d'aller déverrouiller la porte et de l'accueillir.

— Désolé, j'étais tout à mes affaires et je vous ai presque oubliée.

— Tant mieux, c'est que je ne vous horripile pas encore.

Il se prend à penser que c'est tout le contraire qu'il éprouve à son égard et il se souvient du ridicule de la situation. Quoi qu'il arrive, rien n'est possible entre eux. Il s'étonne tout de même de cette pensée : c'est peut-être la première fois depuis que la mère de Théo n'est plus là. Cela le rassurerait presque de comprendre qu'il commence à cicatriser. Justin est un grand sensible, mais il s'est promis de ne plus laisser apparaître ce cœur tout mou et de le cacher sous une forte carapace.

— Trêve de bavardage, la coupe-t-il d'un ton sympathique et ferme à la fois. Vous voulez voir ce que c'est que le job de libraire. C'est parti pour le déballage et la mise en rayon des derniers arrivés ! Ensuite, on devrait être tranquille pour la semaine.

Il lui désigne des cartons, délibérément les plus gros. Ce n'est pas que c'est un mufle, ni même qu'il veut la mettre en difficulté. Il se doit d'être honnête en lui faisant prendre conscience aussitôt des difficultés du métier. Si elle reprend cette librairie, nul doute qu'elle le fera seule, au moins dans un premier temps. Alors elle devra réussir à charrier pas mal de poids, à longueur de semaine.

C'est le sourire aux lèvres qu'elle s'attelle à la tâche, même si Justin l'entend peiner assez régulièrement. Après une heure passée à déballer, ranger et ramener des cartons en réserve, on voit bien qu'elle est rompue.

— Pas de panique : c'est dur, mais on s'habitue. Et puis on apprend les bonnes positions, afin de ménager son dos.

— Là tout de suite, je ne rêve que d'un bon massage…

Justin se garde de rebondir sur sa remarque. Ils ne se connaissent pas, il ne voudrait pas que ce soit mal interprété.

— J'ai une voisine qui travaille à domicile : soins esthétiques, massages, etc. En plus, elle me doit un service, dit-il le rose aux joues. Je suis certain qu'elle vous fera un bon prix.

— Je retiens l'idée au cas où je serais trop endolorie demain. Je vais quand même essayer de pas avoir l'air fragile dès le premier jour.

Le contact entre eux est facile. Justin se sent à l'aise et apprécie d'avoir une présence dans son magasin. Le temps passe beaucoup plus vite depuis l'arrivée de Romy, à tel point qu'il n'a pas vu passer ce début d'après-midi.

— Je vais devoir aller chercher mon fils à l'école. Aujourd'hui, vous gardez la boutique ?

— Je veux bien, mais je sais pas encaisser.

— Aucun souci, je m'absente quinze minutes tout au plus. Vous parviendrez bien à faire patienter avec de bons conseils de lecture le temps que je revienne. Et puis si je vous laisse filer, Théo va m'en vouloir. Il est aussi curieux qu'un petit ouistiti et il espérait déjà vous croiser – et s'empiffrer de viennoiseries – ce matin.

— Alors, si c'est pour rencontrer Théo, je reste là.

Moins de quinze minutes plus tard, la porte s'ouvre brusquement et une tornade fait irruption dans la librairie.

— Romy, Romy, t'es où ?

— Théo, calme-toi. Et demande à Romy si tu peux…

Justin n'a pas fini sa phrase que Théo s'est déjà jeté dans les bras de Romy, qui le serre contre elle avec un naturel désarmant.

— … la tutoyer, finit-il, ému par la scène.

Chapitre 19

Jeudi 7 décembre

Romy ne s'attendait pas à être aussi touchée par la simplicité et la spontanéité du petit garçon. En quelques minutes, il échangeait avec elle comme s'il l'avait toujours connue.

Un peu avant la fermeture, il avait lourdement insisté pour qu'elle reste dîner avec eux, mais elle s'était déjà engagée auprès de Daphné. Elle promit au petit garçon que ce n'était que partie remise.

— Et puis, on se croisera sans doute au pot organisé sur la place…

Ces mots à peine prononcés, elle s'aperçoit qu'elle n'aurait peut-être pas dû s'avancer. Les yeux de Théo sur son père lui indiquent qu'elle a sans doute commis un impair.

— On y va, papa, dis ?

— Bonhomme, y a école demain. Je sais pas si c'est bien raisonnable que je t'y emmène.

— C'est presque le week-end… et on aura qu'à rester pas longtemps, supplie l'enfant avec une petite bouille à laquelle on ne peut pas refuser grand-chose.

— Théodore…

Son simple prénom prononcé en entier suffit à interrompre un possible début de caprice.

Romy s'excuse de sa maladresse. Elle n'avait pas anticipé qu'il y aurait télescopage entre les envies du petit garçon et la réalité de la vie de papa raisonnable. Elle dirait bien que c'est exceptionnel, mais elle n'a aucune idée du rythme de sommeil d'un si jeune enfant. Alors, elle décide de se taire.

— Je file, Daphné va m'attendre pour dîner.

Justin lui fait un clin d'œil et reprend la conversation avec Théo, sans plus trop se soucier d'elle.

Arrivée au gîte, tout le monde est déjà dans la pièce à vivre. Ou presque.

— Désolée, je pose mon sac, je me lave les mains et j'arrive.

— Prends ton temps. Lilou, notre nouvelle locataire, arrive dans une dizaine de minutes, la rassure Gary. Elle est en live, elle nous a prévenus.

Romy demanderait bien de quoi il s'agit exactement, mais il sera toujours temps d'en savoir plus pendant le repas. Elle file dans sa chambre, prend une douche éclair et enfile une tenue adaptée à un vin chaud en plein air.

Quand elle arrive à table, la fameuse Lilou ne l'a précédée que de quelques secondes. Le repas préparé par Daphné est digne d'un festin d'Astérix. Il va être difficile de ne pas goûter à tout, ne serait-ce qu'en quantité raisonnable. Ses narines frétillent déjà et elle a hâte d'en faire profiter ses papilles.

— Alors Lilou, raconte-nous ce qui t'amène ici.

La jeune femme repose un smartphone qu'elle semble avoir littéralement vissé à sa main droite.

— Je suis créatrice de contenus et j'adore visiter les librairies partout sur le territoire français. Je sillonne le pays, je découvre les régions en fonction des librairies qui attirent ma curiosité. J'ai entendu parler de celle de votre village grâce au reportage à la télé. J'ai eu envie de venir visiter la région et d'essayer de comprendre pourquoi le libraire veut partir.

Gary applaudit sincèrement :

— C'est une super idée.

Sans doute dans une volonté d'enterrer la hache de guerre, il ajoute :

— En plus, Romy est une repreneuse potentielle. Tu feras peut-être d'une pierre deux coups en couvrant un passage de relais.

Romy est mal à l'aise. Les choses se compliquent. Ça va être ardu de passer inaperçue si cette Lilou filme tout et passe son temps à épier leurs moindres faits et gestes.

— Si mes publications aident à donner de la visibilité, j'en serai contente. Peu importe à qui cela profitera, je milite pour faire découvrir les librairies indépendantes. Plus les gens les connaîtront, moins ils passeront par les sites en ligne. En tout cas, je le souhaite.

Daphné tend un plat à Romy et lui demande :

— Alors, tes premières impressions ?

— Théo et Justin sont adorables…

— Sur la librairie, enfin. Tu sais que le charmant libraire n'est pas compris dans le prix, la taquine Daphné. Malheureusement, une fois l'affaire conclue, je pense qu'il repartira d'où il vient.

Romy et Lilou posent des questions sur Justin, mais le couple d'hôteliers est bien en peine de leur répondre : le libraire ne s'est jamais trop étendu sur sa vie privée. À son arrivée, il a dit de manière assez laconique qu'il voulait laisser son passé derrière lui et commencer une nouvelle vie. Tout le monde a accepté cela. Au début, les gens parlaient, émettaient des hypothèses. Et puis une nouveauté chassant l'autre, ils sont rapidement passés à autre chose.

Aujourd'hui, tout le monde a l'impression que Justin et son fils ont toujours fait partie de la vie du village. Apprendre qu'il comptait revendre et partir suscite des réactions très fortes et très contrastées chez les habitants.

— D'ailleurs, s'il vient ce soir, l'ambiance risque d'être électrique, craint Gary.

— Il se passe quoi, ce soir ? demande Lilou.

— Ah c'est vrai, on n'a pas eu le temps de te proposer. Le bûcheron qui vend les sapins au village chaque année offre un vin chaud à tout le monde sur la place ce soir. Tu viens avec nous ?

Lilou brandit son téléphone :

— Mes abonnés vont adorer ça ! Je vais faire un autre live ! J'espère qu'il y aura beaucoup d'ambiance !

Romy espère surtout qu'elle sera bonne et que cela ne jettera pas un froid à son égard.

— J'hésitais, ajoute cette dernière, mais si tout le monde y va, je vais me joindre à la joyeuse troupe. Rendez-vous à quelle heure ?

Hors de question d'avouer qu'elle craint surtout de rester toute seule dans une maison qu'elle ne connaît pas. Et puis c'est l'occasion idéale pour rencontrer les gens du village et commencer sa petite enquête.

Après avoir débarrassé la table, ils conviennent d'un départ vers 20 heures, afin de laisser à Lilou le temps d'embarquer son matériel.

— Couvrez-vous, les filles, conseille Daphné. En hauteur, les nuits sont vraiment très fraîches. C'est pas le moment d'attraper la crève.

Quand ils arrivent sur la place, une trentaine de personnes est présente et l'ambiance est déjà très festive. On entend la voix de Mariah Carey entonnant à tue-tête : « *All I want for Christmas is you* ». Romy n'aurait pas imaginé y voir autant de monde. Elle doit avoir les yeux comme des soucoupes, car Daphné lui dit :

— C'est la magie des villages, ça ! Les gens s'emparent de toutes les occasions pour se rassembler et faire la fête ensemble.

Lilou s'est éloignée. Elle parle fort : son live doit avoir commencé. Gary, lui, a rejoint des potes et ils ont leur premier verre en main.

— Viens, propose Daphné à Romy, je vais te présenter Romain. Ensuite, on s'enfilera notre premier vin chaud.

— Je suis pas contre, il fait rudement frais.

Romy regarde partout autour d'elle. Aucune trace de Justin. S'il avait dû être là, il le serait déjà pour ne pas coucher Théo trop tard. De toute évidence, c'est la raison qui l'a emporté sur l'envie de faire la fête.

Quand Romy est face à Romain, elle balbutie. Elle ne s'attendait pas à un mec si beau. Il a une carrure époustouflante, ce qui n'est pas surprenant vu son métier.

— Bonjour, je suis Romy. Je suis au village pour quelques jours, ou semaines. J'ai vu l'annonce de Justin à la télé et je suis venue voir si je pouvais me laisser tenter par ce défi.

— Soyez la bienvenue, Romy. On est presque jumeaux de prénom. J'habite le village à côté, et tous les ans, je viens ici vendre mes sapins.

— Ah oui, on dirait que c'est l'événement de l'année !

— C'est vrai qu'à Saint-Pé, l'ambiance est incroyable. Et cette place est parfaite pour ma vente. Les gens viennent de plusieurs kilomètres à la ronde pour avoir un de mes arbres. C'est du beau et résistant à la fois.

Tout comme toi, pense Romy.

Décidément, ce village est un repaire de beaux gosses. Entre le libraire et le bûcheron, c'est déjà un bon début. Gary est pris, mais c'est aussi un bel homme. Ils pourraient presque faire un calendrier en petite tenue pour aider la librairie. Romy rit intérieurement de son idée. La manière dont Romain la regarde laisse à penser que ce n'était peut-être pas si discret que ça.

— Du coup, vous vous donnez combien de temps pour vous décider ? Pour la librairie, ajoute-t-il, vue l'expression perplexe de son interlocutrice.

— Je pense le faire d'ici peu. Il me faut le coup de cœur et l'accord final du banquier. Et j'imagine que je ne vais pas être la seule sur le coup…

— J'espère pour Justin qu'il aura la meilleure offre possible. Il va nous manquer. Une fois digéré le choc de l'annonce, c'est clair que tout le monde va le regretter. Tiens, d'ailleurs, le voilà.

Dans les haut-parleurs, Wham! a succédé à Mariah. Avec des paroles à faire chavirer les cœurs : « *Last Christmas, I gave you my heart…* »

Justin donne une franche poignée de main à Romain et salue Romy d'un mouvement de tête.

— Salut, la compagnie !

— Ben alors, pas de Théo à l'horizon ?

— Non, Célia me rend service et le garde pour une petite heure. J'ai juste le temps de boire un coup et d'esquiver les piques assassines des uns et des autres.

Romain s'esclaffe :

— C'est l'affaire de quelques jours. Et si cette charmante personne reprend ta librairie, ils t'auront vite remplacé, ajoute-t-il avec un air taquin sans se soucier de mettre Romy mal à l'aise.

Entre ces deux canons, Romy ne sait plus où donner de la tête. Même si les épaules de Romain excitent son cerveau reptilien, son côté sapiosexuel se met en alerte à chaque parole de Justin. Des mois à ne rien ressentir pour que ça lui tombe dessus de toutes parts. Quoi qu'il en soit, sa situation implique qu'elle ne pourra rien tenter ni avec l'un ni avec l'autre. D'autant qu'aucun signe n'indique que l'intérêt puisse être partagé. Surtout si on en croit l'allusion évasive de Justin à cette Célia, dont elle ignore la place dans la vie du libraire. Cette simple idée lui serre étonnamment les tripes.

Romy se giflerait bien, histoire de se recentrer sur son objectif : identifier celui qui l'a conçue. Si tant est qu'elle le croise ce soir…

De toute façon, elle s'est promis de ne plus tomber amoureuse, ça fait trop mal.

La situation aurait pu devenir gênante si Lilou n'était pas arrivée à ce moment précis, armée de son précieux téléphone.

— Comme vous le voyez, les amis, l'ambiance bat son plein dans le petit village de Saint-Pélaire-sur-Siagne. On a peine à le croire, mais ce sont les habitants des endroits les plus reculés qui ont le plus le sens de la fête. Ah le voilà, l'homme que je suis venue rencontrer ! déclare-t-elle en pointant Justin du doigt.

Celui-ci écarquille les yeux de surprise. Que lui arrive-t-il encore ? Qui est cette jeune femme qui prétend être là pour lui ?

Chapitre 20

Jeudi 7 décembre

— Salut Justin, un petit mot pour ma communauté ?

Il se souvient, maintenant. L'influenceuse. Elle lui a laissé un message sur la page Instagram de la librairie pour annoncer sa venue, et son envie de parler, sur ses réseaux, de son activité et du village. Comme le fonctionnement des réseaux sociaux représente un mystère pour lui, il a répondu laconiquement qu'il la rencontrerait avec plaisir. Et puis, il a pensé à autre chose. Entre les galères financières et administratives, l'éducation de Théo et l'arrivée de Romy, il est clair qu'il avait zappé sa visite.

Il dégaine un petit signe gêné en direction de l'écran du smartphone. Il sent bien qu'il a l'air stupide, il n'a pas l'habitude. Il vaut mieux pour lui qu'il ne s'exprime pas sur les réseaux sociaux, au risque d'y faire n'importe quoi.

— Comme vous le savez, j'ai repéré sa librairie, Des livres pour plaire, lors d'une petite annonce diffusée aux infos de midi. Eh oui, ça m'arrive de regarder le journal télévisé. Parfois, j'ai des loisirs de boomer. Bon, c'est surtout que j'habite encore chez mes parents et que ce moment, pour eux, c'est la base. Remarquez, sans ça, j'aurais raté l'info.

Justin se demande comment on peut parler comme ça, quasi seule, sans même savoir qui nous regarde. Il trouve ça limite effrayant. Dans le doute, il sourit le plus naturellement possible.

— Alors, Justin, dis-nous ! Pourquoi quitter le village ? Pourquoi revendre ta librairie ? Les gens savent pas lire ici ?

Elle a beau déclarer ça en riant, ça ne plaît pas beaucoup à Justin. Là encore, il décide de donner le change et répond.

— Je crois que j'ai pas réussi à donner le souffle nécessaire. À l'ère du numérique et de la livraison à domicile, j'ai raté le coche.

Il sait bien qu'il se cherche des excuses, mais vu l'audience qu'il voit apparaître sur l'écran de Lilou, il ne va pas prendre le risque de dire qu'il a mal géré, qu'il est fauché. Sinon il va avoir des difficultés à céder son fonds de commerce.

— Et comme j'ai un petit garçon à élever, reprend-il, j'ai du mal à tout faire correctement.

— Vous avez vu ça, les filles ? Le beau gosse est en plus un single dad. Trop cute !

Une fois de plus, gêné, Justin ne sait pas comment réagir alors il continue à afficher le meilleur sourire possible.

— Je vais donc passer quelques jours dans ce petit village qui a l'air vraiment animé et accueillant, et je vais partager tout ça avec vous, mes followers chéris. Si Justin est OK, je vous ferai visiter sa librairie, il vous parlera du métier et de livres, bien sûr ! C'est OK pour toi, Justin ?

— Avec plaisir ! Vous ferez aussi connaissance avec Romy qui s'installe au village quelque temps et qui semble partante pour prendre le relais.

— Mes bookinautes, je vous laisse. Retrouvez le compte de la librairie dans ma bio. Je compte sur vous pour vous abonner ! Allez, le vin chaud et la musique m'appellent. On se retrouve demain !

Sur son écran, on voit le défilé incessant des émojis et des commentaires. Justin ne le sait pas encore, mais son nombre d'abonnés vient de doubler en quelques minutes.

En attendant, il est heureux d'être là et son stress de croiser les gens après l'annonce s'envole un peu plus à chaque minute qui passe.

Romain s'est éloigné pour saluer les nouveaux arrivants : Alain et Jocelyne Rothier, le maire et son épouse. Ils font une entrée remarquée. C'est un couple apprécié sur la commune. Alain Rothier en est à son deuxième mandat et il œuvre beaucoup pour la jeunesse et la tranquillité de ses administrés.

Quand il aperçoit Justin, il se rembrunit. Cependant, il joue le jeu et va le saluer avec une amabilité convaincante.

— Alors mon ami, on veut nous lâcher ?

— Alain, je dirais pas que je veux, mais…

— Justin, si t'avais vraiment souhaité rester, t'aurais au moins tenté de m'en parler. Je suis certain qu'on n'a pas tout tenté.

Jocelyne n'a encore rien dit, mais elle pose la main sur l'avant-bras de son mari. Elle le connaît et elle veut éviter que ses mots dépassent ses pensées devant tout le monde.

— Écoute, je suis seul à faire tourner mon affaire, au détriment de Théo. Quand le fric rentre pas dans la caisse, il rentre pas et…

Jocelyne pose un doigt sur la bouche pour lui conseiller de ne pas dire un mot de plus.

— Justin, si tu passais chez nous ce week-end. Je cuisinerai une daube dont tu me diras des nouvelles. Et vous parlerez de ça tranquillement.

C'est ce moment que choisit Romy pour se rapprocher d'eux, bien décidée à se faire connaître du maire.

— Je peux vous présenter Romy ? Elle est venue quelques jours ici, car elle souhaite devenir votre future libraire.

Alain la détaille de haut en bas, soupire et fait mine de partir saluer quelqu'un.

— Il peut être bougon, s'excuse Jocelyne. Ne le prenez pas pour vous, Romy. Je suis certaine qu'il se montrera plus courtois la prochaine fois qu'il vous verra.

Chapitre 21

Vendredi 8 décembre

Au réveil, Romy a les cheveux qui tirent. Elle a sans doute un peu trop bu, histoire de supporter l'accueil ambigu des gens qu'elle a croisés la veille. Après la réaction glaciale du maire, elle a été prise de haut par le patron du bar de la place. Elle espérait qu'une fois Justin parti, l'ambiance soit moins lourde. Cela n'a été guère mieux puisque les habitants l'ont tout simplement ignorée et ont continué à commenter la décision du libraire comme si elle-même n'était pas là.

Ses souvenirs sont flous ensuite. Elle se rappelle vaguement que Romain lui a déconseillé le verre de trop et a suggéré à Daphné de la raccompagner. Elle espère surtout ne pas s'être fait remarquer et ne rien avoir dit concernant son véritable projet.

Elle s'extirpe péniblement du lit, se dirige dans la salle de bains et reste perplexe devant le reflet que lui renvoie le miroir. Des cernes prononcés ornent ses jolis yeux verts en amande, et ses cheveux semblent plus sombres que d'habitude. Sans doute le contraste avec son teint blafard du jour. Elle va devoir faire de gros efforts de maquillage pour être présentable. Sans compter cet affreux mal de crâne qui la fait grimacer. *Tu as tout pour plaire, ma fille*, comme dirait sa mère.

Elle ne s'est pas accordée avec Justin sur ses horaires du jour. Elle doit réussir à limiter sa présence là-bas, pour garder du temps pour ses investigations. Elle a repéré quelques hommes qui pourraient correspondre au profil recherché : en âge d'être son père, né ici et n'ayant pas bougé. Le mieux est de se mêler aux activités du village et de faire connaissance avec tout le monde.

Elle commence par se rendre à la boulangerie. Paulette est au comptoir, affairée à nettoyer les vitrines.

— Ah v'là la p'tite ! Alors cette soirée ? On se remet des litres de vin chaud avalés ? Quelle descente, mes aïeux !

— Je crois que je n'y suis pas allée de main morte, répond Romy avec un petit rire gêné.

— La main, je sais pas… mais c'est du gosier de compétition. Et on t'a même pas retrouvée ivre dans le caniveau.

Romy se doute que c'est parce qu'elle a été reconduite par ses logeurs, sinon elle ne sait pas où elle se serait réveillée au petit matin.

— Je lui sers quoi à la petite demoiselle ?

— Je vais prendre une baguette pas trop cuite. Je vais faire un saut chez le boucher et acheter de quoi me faire un sandwich. Vu le temps qu'il fait encore aujourd'hui, je mangerai sur la place.

— Ça se voit que t'es pas du coin pour trouver qu'il fait un temps à manger dehors au mois de décembre !

Romy se hisse sur la pointe des pieds, elle aurait aimé apercevoir Marcel. Il est sans doute en pleine fournée. Elle se fait la réflexion qu'elle ne sait rien du rythme de travail d'un artisan-boulanger.

— Il est pas là, votre mari ? demande-t-elle tout de même.

— Ben alors, il est pas trop vieux pour être recherché par une minette de ton âge ?

— Ah, mais non, je voulais juste le saluer. Je n'en ai pas vraiment eu le temps hier soir.

— C'est vrai qu'il est passé en coup de vent, vu qu'il se lève très tôt pour confectionner, enfourner. Et comme on assure du pain frais jusqu'au soir, il s'accorde une petite coupure avant de relancer une cuisson en fin d'après-midi.

— Vous vous croisez à peine, du coup !

— Ma fille, c'est le secret d'un mariage long et heureux, plaisante Paulette.

— Vous vous connaissez depuis longtemps ?

La commerçante, heureuse qu'on s'intéresse à elle, se rapproche un peu du comptoir, et donc de Romy, comme si elle allait lui faire d'énormes confidences.

— Depuis qu'on est gosses ! Nos parents se connaissaient, on est des purs produits locaux, rigole-t-elle.

— Waouh ! Et vous avez jamais eu envie de vivre dans une ville plus grande.

— Ah ça… Marcel, plus jeune, il adorait passer ses étés à Cannes. Avec ses potes, ils y filaient dès qu'ils en avaient l'occasion. Ils s'éclataient, ils fricotaient un peu avec les touristes aussi, si j'en crois ce qui a pu fuiter de leurs aventures. Un beau jour, il s'est assagi. Et comme j'ai toujours eu un faible pour lui, que nos parents plaisantaient sur le sujet depuis des mois… je crois que ça nous a rapprochés.

Romy n'en perd pas une miette. Elle n'est pas sûre que tout colle. Elle se dit aussi que si Marcel n'est pas son père, il a non seulement le même prénom que Pagnol, et il fait aussi peut-être au moins partie de la bande de copains dont sa mère lui a parlé.

Elle finit par prendre congé de la commerçante qui lui demande, l'air de rien, comment va ce traître de Justin.

Quand elle arrive à la librairie, Justin l'accueille avec un sourire. Et pourtant, elle sent bien qu'il n'est que de façade.

— Désolée, j'aurais pu arriver plus tôt. J'ai eu un peu de mal à sortir du lit et…

— Pas la peine de vous justifier, je suis pas votre père, rétorque-t-il du tac au tac.

C'est la douche froide. Le ton est poli, mais froid.

Quant au fait de ne pas être son père, elle ne le sait que trop bien.

La librairie est déserte, ce qui explique sans doute l'humeur maussade de Justin. Romy décide de ne pas se départir de sa bonne humeur et propose d'épousseter les étagères.

— Tout est nickel, pas la peine. Désolé pour la sécheresse du ton, je crois que je suis encore un peu contrarié par la réaction du maire, hier soir.

Avant qu'elle ne puisse le prendre en pitié et pour lui éviter de devoir trouver d'inutiles mots de réconfort, il enchaîne :

— Venez, je vais vous montrer comment saisir les commandes – il n'y a pas grand-chose, mais ça vous donnera une idée – et vérifier que des livres sont en stock.

Justin approche un deuxième tabouret haut de son comptoir et l'invite à se rapprocher. Il désigne la cafetière. Romy acquiesce et il lui remplit un mug du liquide fumant.

— J'ai oublié si vous preniez du sucre.

— Jamais, ça me colle des migraines.

Armés de leurs tasses, l'initiation commence. Malgré son attitude bourrue des minutes précédentes, Romy ne peut s'empêcher de trouver Justin sympathique. Il lui explique les arcanes de la gestion du magasin avec beaucoup de patience et de pédagogie. Et puis, il sent si bon. Elle ne l'avait pas remarqué la veille. Presque collée à lui, elle commence à ne plus être aussi attentive.

— Et là, vous feriez quoi ?

— Oui…

— Oui, quoi ? Vous avez entendu ce que je vous disais, Romy ?

Non, elle n'a fichtrement rien écouté depuis quelques secondes. Entre son relatif désintérêt pour le côté administratif du monde du livre et l'odeur entêtante de caramel – ou de pain d'épices, elle ne sait pas trop –, du parfum de Justin, Romy s'est laissé aller à se croire ailleurs, dans d'autres circonstances.

— Désolée, je crois que j'ai trop bu, hier soir. Je me suis sentie seule au milieu de tous ces gens qui se connaissent et j'ai abusé du vin chaud. Résultat : je le paie aujourd'hui.

— Se masser les tempes… ça aide.

Comme Romy lève les yeux au ciel, il quitte son tabouret, se place devant elle, et après lui avoir demandé l'autorisation explicite de la toucher, il y pose le bout de ses doigts. Il effectue de petits cercles de manière douce, puis plus appuyée. Romy ferme les yeux, profitant de ce contact, oubliant quelques instants la douleur pulsatile qui la titille depuis le réveil. C'est si agréable. Elle ouvre les yeux et sent que leurs corps se rapprochent. Elle ne sait pas s'il va l'embrasser ; ce qu'elle sait, en revanche, c'est qu'elle en a terriblement envie. Soudain, le tintement de la porte.

— Madame Pochard, quel bon vent vous amène ?

— On dirait que je suis tombée en pleine scène de romance, taquine la nouvelle arrivée. J'aurais besoin de conseils pour mes achats de Noël. Cette année, je ne veux pas encore tout faire à la dernière minute. Hormis, l'habituel Goncourt pour ma belle-mère, j'aimerais offrir des choses inhabituelles.

— Je vous propose de vous confier aux bons soins de Romy, qui va me seconder quelque temps. Je reste dans le coin, si besoin.

Justin adresse un clin d'œil à la jeune femme et la laisse faire son premier conseil clientèle. L'ambiance s'est considérablement réchauffée et l'arrivée de Mme Pochard est peut-être un mal pour un bien. Dans quel guêpier Romy était-elle sur le point de se fourrer ?

Chapitre 22
Vendredi 8 décembre

Heureusement pour Justin, les clients se sont succédé à la librairie. Le contact de ses doigts sur la peau veloutée de Romy a failli lui faire perdre les pédales. Pourtant, il ne lui a touché que les tempes. Cette manière qu'elle a eu de s'abandonner à son massage l'a chamboulé jusqu'au fond de ses tripes. Si Mme Pochard n'était pas entrée, il aurait embrassé Romy, c'est certain. Quel crétin, il aurait tout gâché ! Hors de question de se laisser aller avec elle : elle est sa planche de salut. Il ne peut ni tomber amoureux ni risquer de se fâcher avec elle, au risque de la voir prendre ses cliques et ses claques et renoncer au rachat de son commerce.

Pourvu qu'elle n'en reparle pas. De son côté, il fera comme si de rien n'était, et restera professionnel.

À présent, il attend Lilou, l'influenceuse. Il pensait la voir débouler dès le matin, mais elle n'a pas donné signe de vie. Elle a fini par lui écrire sur Instagram, il y a peu, lui demandant si c'était OK pour passer en fin d'après-midi. Il a accepté puis parcouru son feed, soufflé de voir son nombre d'abonnés et le dynamisme de son contenu.

La porte d'entrée retentit et laisse entrer une Lilou pétillante et de fort bonne humeur :

— Salut Justin ! J'ai ramené des mini-viennoiseries pour le goûter. Je sais pas ce que tu as fait à la boulangère, mais elle t'a agoni d'injures de bon matin. Et pourtant, je suis certaine de l'avoir vue, dans le même temps, essuyer quelques larmes en douce.

Décidément, Paulette ne décolère pas. C'est vrai qu'elle aime raconter un peu sa vie à ses clients habituels, mais si elle se met à parler de lui à toutes les personnes entrant dans son commerce, on ne va pas s'en sortir.

— Et ta stagiaire, elle est où ? demande-t-elle tout à trac.

— Romy n'est pas ma stagiaire. Elle est intéressée par la reprise de la librairie.

— Ah oui, c'est vrai ! Elle travaillait où avant ?

— Aucune idée, mais pas dans le domaine, je crois.

Face à la moue dubitative de son interlocutrice, Justin enchaîne :

— C'est quoi, cette mine perplexe ?

— Et elle débarque de nulle part, comme ça ? T'es sûr qu'elle est pas venue dans l'objectif de te draguer ? Je reconnais que ta petite annonce peut ne pas créer que des vocations artistiques, ajoute-t-elle en pouffant.

Justin a autant envie de rire que de se cacher dans un trou. Cette fille a autant de toupet qu'elle manque de tact.

— Tu liras les commentaires de mes abonnées sous le replay du live, poursuit-elle, ça va te donner un aperçu de ce que tu peux déclencher…

— Ce sont des commentaires, ce n'est pas comme si des femmes pouvaient débouler de toute la France juste pour faire connaissance avec moi !

— Ben moi, regarde, c'est le cas ! Enfin non, on se calme. Tu vas te décrocher la mâchoire, là ! Je suis venue, mais pour parler bouquins. Bon, on se met au travail ?

— D'accord, même si j'ignore complètement en quoi consiste ton travail, dans les faits.

Elle lui expose comment elle voit les choses : elle va prendre des photos pour plusieurs posts pour commencer. Ensuite, elle pense le filmer de manière impromptue, puis réaliser quelques reels qu'il aura bien sûr validés en amont. Elle lui propose également de faire au moins un direct pour qu'il puisse parler des difficultés d'être un libraire indépendant dans l'arrière-pays, et aussi pour parler de ses goûts de lecteur.

— Et tu penses vraiment que ça va intéresser des gens ? plaisante-t-il. Je suis pas certain que les livres, ce soit très vendeur.

— Tu te trompes, Justin. On veut nous faire croire que les gens ne lisent plus. OK, c'est vrai, y a la concurrence des écrans. Mais avec les réseaux comme Instagram et TikTok, il s'est créé des communautés très puissantes, qui sont de grandes prescriptrices. Mon objectif, c'est de me servir de ma visibilité pour attirer les gens en librairie, plutôt que vers les plateformes de vente en ligne.

Elle lui explique que beaucoup de gens n'osent pas aller en librairie, qu'ils sont impressionnés. Les libraires sont souvent des puits de science, des férus de littérature. Et si on prend l'exemple de ceux qui lisent ce qu'on appelle poliment de la « littérature de genre », ils se sentent jugés et n'osent pas commander des livres qu'ils ne trouvent pas dans les rayons de leur librairie de quartier.

— Tu sais, Lilou, c'est pas facile pour un petit libraire. L'espace n'est pas extensible à l'infini et on doit souvent faire des choix. Et puis, on a tendance à vendre ce qu'on aime. Regarde autour de toi. Quel genre te semble avoir ma préférence ?

— Si je mets en rapport avec la taille de ta boutique, je répondrai, sans hésiter : la romance. Mais comme on est dans une librairie tenue par un mec, j'en déduis surtout que t'es malin et que tu sais que c'est le grand filon du moment.

— Tu te trompes, j'en lis, dit-il en sortant de sous sa caisse sa comédie de Noël du moment.

— Sans blague ! Je vais en plus découvrir que tu es plus proche de William Thacker que de Joe Goldberg ?

— Qui sait combien de femmes sont enfermées dans une cage en verre au sous-sol ?

Il n'a pas vu qu'une troisième personne venait d'arriver :

— Ah, et les captives sont vendues avec le fonds de commerce ? s'esclaffe Romy.

Chapitre 23

Samedi 9 décembre

Les jours se suivent et ne se ressemblent pas. Aujourd'hui, c'est marché provençal sur la place. C'est un jour de grand passage à la librairie : les crispations semblent s'estomper un peu. Paulette est venue acheter son journal. Elle n'a certes pas sorti les grands sourires, mais il y a du mieux. Maud s'est arrêtée elle aussi, seulement parce qu'elle avait un recommandé à lui donner, selon elle. L'ambiance est encore frileuse, mais Justin a bon espoir de ne pas partir fâché avec ces gens qui sont devenus presque une deuxième famille.

Romy s'acclimate bien. On sent qu'elle s'intéresse avec sincérité au métier de libraire, et qu'en plus, elle crée du lien avec les habitants du village. On ne parle déjà plus que d'elle, du boucher au boulanger, en passant par la femme du maire. En si peu de jours, elle a déjà ses petites habitudes et Gary n'arrête pas de chanter les louanges de sa charmante locataire.

Elle a quelques scrupules toutefois à mentir à tout le monde. Elle en a parlé avec sa mère. Elle ne sait pas encore qui est son père. De fait, elle ne ménage pas sa peine et saisit toute occasion de créer du lien avec les gens du village, en accordant une attention supplémentaire aux hommes de la génération de son père.

— Avec le peu d'indices que j'ai, c'est pas facile quand même.

— Tu peux aussi te lancer et demander qui se faisait appeler Marius dans le passé et avait rencontré une Fanny parisienne.

— Disons que c'est un peu direct… Et si cet homme est un crétin, je t'assure que je préfère le savoir avant de le faire entrer dans ma vie.

— Et tu comptes faire durer longtemps tes investigations ? demande Jeanne avec la voix pincée.

— Je sais pas, maman ! Tout ça m'impressionne, pour commencer. Et puis je vais bouleverser la vie d'un homme qui n'a rien demandé et sans doute déstabiliser tout ce qu'il a construit. Il aurait été un pauvre type qui t'aurait abandonnée enceinte, j'aurais eu moins de scrupules. Mais il n'y est pour rien.

Un silence s'installe :

— Tu as le droit de m'en vouloir, Romy. J'espère juste que ça n'abîmera pas notre relation.

— Je mentirais si je te disais que ça me touche pas. Mais j'ai aucune envie de me fâcher avec toi. J'essaie de me mettre à ta place et de comprendre pourquoi tu as fait ces choix. Eh bien, c'est pas toujours clair. Sache que malgré tout, j'admire la manière dont tu m'as élevée et toujours poussée à me dépasser.

Romy entend des sanglots à l'autre bout du fil :

— Maman, pourquoi tu pleures ?

— J'ai pourtant pas pu empêcher ce qui t'est arrivé, avec ce sale type, et…

— C'est pas ta faute. C'est pas la mienne non plus. S'il faut trouver un coupable, le seul qui devrait se faire des reproches, c'est Maxime. Et je doute que ce soit le cas.

Romy préfère changer de sujet, elle n'a pas envie de remettre ça sur le tapis. Déjà, être là, à Saint-Pélaire-sur-Siagne, c'est un premier pas de géant. Tout ce qui va se produire à l'avenir, c'est du bonus. Il n'y a pas de raison que ça se passe autrement.

Romy a expliqué à Justin qu'elle voulait profiter du marché pour faire connaissance avec les gens du village et aussi avec les forains puisqu'ils participent également à la vie locale. Pendant le mois de décembre, la mise en place du marché s'organise autour des sapins de Romain qui prennent une place non négligeable. Chose étonnante, cela ne suscite aucune querelle. Tout le monde est content de le retrouver pour ce rendez-vous annuel. D'autant que chacun arbore avec fierté son pull moche de Noël. Romy s'en est fait livrer un par une plateforme en ligne dont elle ne prononcera pas le nom de peur de se faire mettre dehors par Justin. Elle décide d'ailleurs de faire un saut rapide à la librairie afin de le saluer.

Elle le trouve très affairé, un petit lutin malicieux dans les pattes.

— Eh ben, Théo, qu'est-ce que tu fais là, ce matin ?

— Célia peut pas me garder : elle a un gros contrôle pour le lycée.

Romy réalise, presque honteuse, que la fille qu'elle pensait être dans le cœur de Justin est une lycéenne, en charge de faire du baby-sitting.

— Salut, Romy ! Désolé, j'ai la tête dans le guidon et Théo dans les pattes.

— Salut Justin ! Si tu veux, je l'emmène avec moi sur le marché. Il me présentera tout le monde et t'auras pas à te soucier de l'occuper.

— T'es un amour !

Ils se regardent tous les deux, rougissent un peu pendant que le petit garçon les observe en gloussant.

— Allez, on y va ! demande-t-il en tirant sur la manche de Romy avec insistance.

Et les voilà partis.

— Alors Théo, dis-moi, à qui faut-il que je parle pour me faire bien voir, au village ?

— Ben moi, déjà, déclare-t-il, fier comme un paon.

— Bien joué ! On peut rentrer alors, le taquine-t-elle.

— Pas question, tout bon tour de marché commence par un chocolat chaud chez Gino. Ah, d'ailleurs, c'est toi qui invites.

Ils s'installent tous les deux à la terrasse couverte du bar. Gino leur apporte aussitôt un plaid chacun. Pas de brasero, chez Gino, on ne gaspille pas l'énergie, même pas celle du patron.

Quand Gino aperçoit Romy, il a un moment d'arrêt. Sans doute se rappelle-t-il qu'il n'a pas été des plus aimables lors de la soirée sur la place. Il va devoir se rattraper.

— Alors, Théo, t'as un rencard ! Tu me présentes ?

Le petit garçon pouffe de rire et répond :

— C'est pas un rencard, c'est Romy ! Elle va peut-être racheter la librairie de papa. Même si moi, je préférerais qu'elle devienne son amoureuse et qu'on reste tous ici.

Gino et Romy se regardent, à la fois gênés et tristes pour le petit garçon.

— Ah, ça, Théo… tout se passe pas toujours comme dans les films ! Romy, qu'est-ce que je vous sers ? Théo, je sais, chocolat chaud avec supplément chantilly.

— Eh bien, mettez-moi la même chose, répond la jeune femme. Si Théo prend ça, c'est que c'est bon.

— Et c'est offert par la maison, pour rattraper l'attitude du patron un peu couillon.

Pendant que Gino prépare leur commande, Théo et Romy discutent de leur semaine. Théo lui raconte qu'à l'école, certains enfants ne sont pas gentils avec Salima. Il ne comprend pas pourquoi, parce que c'est la fille la plus sympa qu'il connaisse. Ils font des blagues stupides sur son prénom et des bruits de cochon quand elle dit quelque chose.

— L'autre fois, je voulais même pas qu'on aille à l'école. Je lui ai dit qu'on devait s'enfuir et ne jamais revenir.

— Il faut en parler à ta maîtresse, Théo.

— Je l'ai déjà fait, elle a grondé les coupables.

— Et ça n'a rien changé ?

— Si, maintenant, ils sont discrets. Salima, elle dit qu'elle s'en moque, mais j'ai bien vu qu'elle retient les larmes dans ses yeux.

— Quelle chance que tu sois là pour la soutenir alors.

Romy est contrariée de ce qu'elle vient d'entendre et se promet d'en parler à Justin.

C'est à ce moment-là qu'elle entend une voix suggérer :

— Bonjour, on peut s'installer avec vous ?

C'est Jocelyne, la femme du maire, suivie de son mari dont le visage n'est pas plus avenant que la première fois qu'elle l'a rencontré, au pot de Romain. Elle jurerait même l'avoir entendu grommeler. Il y a plein de places disponibles, mais Romy évite de le leur faire remarquer. Après tout, c'est l'occasion parfaite pour en savoir plus sur le couple le plus important du village.

Jocelyne donne un coup de coude peu discret à son époux, qui daigne prendre la parole.

— Alors, Rosy ! N'est-ce pas le plus merveilleux des endroits ?

— Romy, c'est Romy, mon prénom. En effet, je suis séduite : il y fait vraiment bon vivre. Et tout le monde est agréable avec moi, ajoute-t-elle d'un ton pince-sans-rire.

Romy 1 – Alain 0.

Jocelyne, une fois de plus, intercède.

— Ne le prenez pas pour vous, Romy ! On est tous très attachés à Justin et ça nous fend le cœur de le voir partir. Mon mari ronchonne surtout parce qu'il se sent coupable de rien avoir vu venir. Si on avait anticipé, on aurait peut-être trouvé un moyen de le retenir.

Théo remue sa cuillère dans sa crème chantilly, mais il ne perd pas une miette de ce qu'échangent les adultes.

— Moi, j'ai eu une idée, ce matin : Romy se marie avec mon papa et ils s'occupent ensemble de la librairie… et de moi…

Les deux femmes regardent l'enfant sans trop savoir comment lui répondre sans le blesser. C'est alors qu'Alain propose au petit de venir s'asseoir sur ses genoux, et lui chuchote dans l'oreille, assez fort pour que Romy et Jocelyne entendent.

— De toi à moi, se marier, c'est pas toujours la meilleure solution. Mais chut, le répète pas à ma femme, lui dit-il en lui ébouriffant les cheveux.

Chapitre 24
Samedi 9 décembre

Justin a de nouveau reçu la visite de Lilou. Le moins qu'on puisse dire c'est qu'elle ne perd pas son temps. Elle profite de la vie intense dans le village pour faire des va-et-vient entre le marché et la librairie. Il y a un monde de dingue, partout.

— J'ai sans doute une version romantique du monde du livre, ose-t-elle, mais je ne comprends pas pourquoi ça ne suffit pas à t'assurer un commerce florissant. J'ai même vu passer un diagramme qui montre que c'est le libraire qui touche la plus grosse part du prix du livre.

— C'est vrai, les rouages sont bien plus complexes et les charges bien plus assommantes que ce qu'on imagine. Une fois que tu as tout décompté, il ne reste pas grand-chose, je t'assure. Et c'est sans doute ce qui m'a mis dans le rouge au départ. Attends, je reviens. Madame Labarre, que puis-je pour vous, aujourd'hui ?

Lilou aime la présence de cet homme au milieu des livres et de ses clients. Il connaît tout le monde, conseille, met des pépites dans les mains de ceux qui en cherchent. Sa présence en ces lieux est si évidente qu'elle a mal au cœur de le savoir sur le départ.

Elle profite d'un petit creux pour lui poser quelques questions, face caméra.

— Alors Justin, c'est quoi, ta journée parfaite ?

— Question difficile ! Sans doute celle où j'ai réussi à faire sortir un client de sa zone de confort, à lui mettre dans les mains un livre sur lequel il ne se serait jamais spontanément arrêté.

— OK, et ta pire journée, alors ?

— Facile, là, en revanche. C'est les jours où je fais des retours. Déjà, c'est harassant et coûteux. Ensuite, c'est un peu comme un échec : j'aime pas me dire que c'est autant de livres que je n'ai pas réussi à vendre et dont je dois me séparer.

Lilou ne s'attendait pas à cette réponse :

— C'est presque une histoire de rupture, ton truc ! Il est sentimental, le libraire de Saint-Pélaire !

— C'est pas faux ! Tu sais, je crois fondamentalement que c'est un métier que tu dois faire avec les tripes. Si tu le fais juste pour tenir un commerce, tu te mets le doigt dans l'œil. Vendre des livres, c'est pas comme vendre des petits pois. Tu cèdes à des âmes en quête de sensations, des bouts d'âmes d'auteurs qui ont mis tout ce qu'ils avaient de plus intime dans leurs écrits.

— Oh là là, si t'étais pas si vieux, je tomberais amoureuse de toi rien qu'à t'écouter.

Justin rit. Jaune, un peu, mais il rit tout de même.

— On est d'accord que cette dernière remarque, tu la coupes au montage, hein ! Et puis, tu crois que je suis beaucoup plus vieux que toi ?

Lilou lui fait un clin d'œil… ils ont bien dix ans d'écart. Et puis, Justin est père. Souvent, ça lui fait gagner une catégorie d'âge dans l'imaginaire des jeunes femmes.

Le carillon de la porte retentit : les affaires reprennent. Lilou en profite pour filer.

Chapitre 25

Samedi 9 décembre

À quelques pas de là, Romy et Théo continuent d'arpenter le marché. Théo connaît tout le monde. Il la traîne derrière lui pour lui présenter l'incontournable vendeur de pâtes fraîches. Il est indéniable que la gourmandise est le moteur qui fait avancer ce petit gars.

— Tommaso, je te présente Romy ! C'est une nouvelle au village.

— Mon Théo, toujours le premier sur l'info ! Merci gamin !

— De rien, ça te coûtera juste une petite dégustation, dit l'enfant en riant.

— Que penses-tu d'une tranche de charcuterie, pitchoun ?

Tommaso a l'accent chantant des gars du Sud. L'homme, d'une cinquantaine d'années, s'incline avec galanterie devant Romy.

— Soyez la bienvenue, Romy ! Tommaso, fabricant de pâtes fraîches et sauces provençales faites maison, à votre service ! Et si vous en avez envie en semaine, ma femme tient la boutique en ville quand je suis sur les marchés de la région.

— Ah, c'est top ! À moitié nomade et à moitié sédentaire !

— Ouais, ça me permet d'éviter la routine. J'adore ma vie au village, mais j'aime aussi l'animation des grandes villes comme Grasse, Cannes ou encore Antibes.

— C'est un super concept ! Ainsi que l'idée de manger de bonnes pâtes, évidemment !

— On vend aussi de la charcuterie corse, d'un petit producteur qu'on connaît bien. Vous pouvez y aller les yeux fermés.

— Alors, j'en veux bien aussi. Et vous habitez Saint-Pélaire depuis longtemps ?

— J'y suis né, au sens propre, car ma mère a accouché à la maison, avec les femmes du village.

Romy le regarde avec des yeux ronds.

— Ah, les jeunes citadins ! s'exclame-t-il en riant. À l'époque, on avait pas toujours le temps d'arriver à l'hôpital. Et puis ça crée des liens. Voyez, j'ai les mêmes amis depuis que je suis gamin. On a fait les quatre cents coups, on a parcouru la région à mobylette, on a dragué dans les communes environnantes… allez pas balancer ça à ma femme, hein !

Romy plante un doigt sur sa bouche pour promettre le secret, puis demande :

— Et toute la bande vit toujours ici ?

— Une grande partie, oui. En tout cas, mes essentiels – Marcel, Alain et Gino – sont toujours là. On fait moins la bringue, c'est sûr, mais nos vies sont liées à jamais.

— J'adore ! On se croirait dans un roman de Pagnol ! lance-t-elle, espérant ferrer le poisson.

— Ah ! On est tous très attachés à cet auteur dans le coin, répond-il sans que Romy arrive à percer s'il y a un sens caché à cette phrase.

De nouveaux clients arrivent : Romy va devoir remettre son enquête à plus tard. Elle se penche vers Théo qui a avalé sa tranche de saucisson et se pourlèche encore le bout des doigts :

— Choisis ce qui te tente ! Tommaso, prenez la commande de ce petit ventre sur pattes et vous m'en mettez pour trois personnes, s'il vous plaît. Comme ça, on ramènera de quoi manger aussi à son père.

— Dis-moi Théo, tu t'es trouvé une sacrée alliée ! Choisis les pâtes et c'est moi qui offre la sauce. Pistou, vous m'en direz des nouvelles !

Chargés de plus de gnocchis qu'ils ne pourront sans doute réussir à en avaler, Théo et Romy décident de faire un crochet et d'aller mettre leur butin au frais.

En entrant, ils croisent Lilou qui s'en va, le sourire aux lèvres :

— Je vais voir si Romain a besoin de moi pour ses sapins…

Romy se fait la réflexion que le courant entre eux est sans doute encore mieux passé que ce qu'elle avait flairé. Il y a de la romance dans l'air, on se croirait au début d'un téléfilm de Noël. Elle qui a toujours trouvé ça ringard, se prend à trouver la situation attendrissante.

— Papa, papa ! J'ai ramené des pâtes de chez Tommaso pour le repas !

— Parfait, mon chat ! Tu lui as dit de mettre ça sur ma note ?

— Pas la peine, Romy a payé et on va tout manger ensemble.

Vu le sourire arboré par Justin, Romy se dit que si on lui avait dit qu'il suffisait d'acheter des pâtes pour rendre un homme heureux, elle se serait évité des années de…

Pour la première fois de la journée, le souvenir de Maxime est venu ternir ses idées. Ne pas y penser, le mettre à distance le plus possible. Ce n'est pas l'avis de son psy, mais c'est la seule manière pour elle de tenir, au quotidien. Ou presque…

Elle chasse l'ombre aussi bien qu'elle peut, et suggère à Justin d'aller tout mettre au frais : elle peut tenir la boutique le temps qu'il monte.

Un client entre et, après avoir fureté deux minutes, s'approche d'elle, le nez légèrement pincé, ce qui n'annonce rien de bon :

— Vous auriez un polar à me conseiller ? Une nouveauté si possible.

— Alors, regardons ensemble…

— Attention, la coupe-t-il de manière plutôt rude, un truc bien sanglant, hein, pas un truc de gonzesse !

Romy lui répondrait bien qu'en matière de sang, les femmes s'y connaissent mieux que les hommes, mais elle n'est pas certaine que le client soit friand de ce genre de répartie.

— Merci de me prévenir, j'aurais pu vous conseiller un roman à l'eau de rose sans faire exprès… Vous savez, les femmes aussi, sont amatrices de thrillers bien gore. D'ailleurs, avec moi, vous êtes bien tombé.

Elle lui sort un titre dont le simple résumé ferait frémir d'horreur un serial killer et le lui pitche si bien, que l'homme l'achète sans hésiter et emporte son butin avec un simple « merci ».

Justin n'a pas perdu une miette de la scène. Le regard qu'il pose sur elle lui retourne le ventre. C'est aussi agréable que déstabilisant. Elle s'est pourtant juré de ne jamais retomber là-dedans…

— Quel tact et quel sens du conseil ! Bravo, je t'adoube libraire émérite !

Elle ignore ce qui lui fait le plus plaisir : le compliment lui-même, le fait qu'il vienne de cet homme terriblement séduisant ou qu'il l'ait enfin tutoyée.

Chapitre 26

Samedi 9 décembre

Justin ne ferme la librairie qu'une fois les derniers forains partis, vers 15 heures environ. Comme il ouvre aussi le dimanche matin, la boutique reste close le samedi après-midi. C'est un temps précieux qu'il s'octroie avec son fils. Ils s'accordent souvent une sieste et, selon le temps, font des jeux soit en extérieur, soit dans la chaleur de leur foyer.

Ce jour-là, le repas est déjà installé. Romy et Théo ont préparé une jolie table et Justin n'a plus qu'à se préoccuper de déguster les excellents produits de Tommaso.

— Merci Romy ! C'est tout simple, mais ça fait un bien fou de n'avoir qu'à s'asseoir et à manger.

— Et y a pas de « merci Théo », papa ? Moi aussi, j'ai tout préparé. Même que c'est moi qui ai eu l'idée d'aller chez Tommaso.

— T'es le meilleur, mon p'tit poulet ! Comment ai-je pu oublier ton intervention ?

Le petit garçon rosit de plaisir d'être félicité par son papa. La conversation va bon train, chacun y va de sa petite anecdote. Quiconque entrerait dans la pièce à ce moment précis y découvrirait la scène d'un repas de famille, à la fois banal et chaleureux.

— Papa, on fait pas la sieste aujourd'hui ?

— Pas moi, Théo, on a une invitée. Tu as sommeil, mon loulou ?

— Pas trop, répond l'enfant tout en se frottant les yeux. Mais je vais aller m'allonger un peu sur mon lit.

Justin accompagne son fils, pose sa couette sur lui et dépose un baiser sur sa tête.

— Je vais pas dormir, hein, juste reposer mes paupières.

— C'est parfait, mon grand. Quand elles sont reposées, tu nous rejoins, d'accord ?

Le petit garçon se saisit d'Arsène, son doudou, qu'il colle contre son nez, secoue la tête et en moins de temps qu'il ne faut pour le dire, il plonge dans le sommeil.

Justin tire la porte derrière lui et revient dans la pièce à vivre. Le temps qu'il couche le petit, Romy a rangé la table.

— Je me suis permis, j'espère que tu me trouveras pas sans-gêne.

Il la regarde avec intensité et se prend à regretter de ne pas avoir plutôt fait une émission de téléréalité pour trouver une âme-sœur prête à tenir le commerce avec lui.

— Non, au contraire, c'est très gentil de ta part. Je l'aurais fait ensuite.

— Je me doute que t'as pas attendu après moi. Ça doit être dense de gérer la librairie et de t'occuper seul de Théo.

— Oui, je m'ennuie pas une minute. Je me plains pas, j'ai tellement de chance de l'avoir dans ma vie. Et puis, c'est le lot de pas mal de femmes sans que personne ne leur décerne jamais de médaille. On leur dit d'ailleurs pas souvent à quel point elles sont admirables. J'en ai conscience maintenant.

Les yeux de Romy se remplissent de larmes qu'elle contient cependant.

— Je sais, ma mère fait partie de ces guerrières. Elle m'a élevée seule et je n'ai jamais manqué de rien, tant sur le plan affectif que matériel.

Justin la regarde, ne sachant s'il peut se permettre de poser des questions. Comment montrer qu'on s'intéresse sans pour autant être intrusif ? Elle doit le sentir, car elle poursuit d'elle-même :

— J'ignore qui est mon père. Ma mère garde ce secret pour elle seule...

— C'est dingue ! Et ton père n'a jamais essayé d'entrer en contact avec toi ?

— Il ne sait pas que j'existe... et moi, je sais pas encore si c'est une bonne idée de l'identifier et de le faire entrer dans ma vie.

— En effet, c'est pas évident...

Un silence gêné s'installe. Justin, ne sachant comment rebondir, change de sujet :

— Tu as vu, l'appartement est grand et agréable. Tu auras sans doute envie de le remettre à ton goût, mais il a du potentiel.

Il décide d'y aller carrément et se lance dans la conversation qu'il n'a pas encore osé aborder.

Il lui a confié un dossier complet sur la librairie, dès le lendemain de son arrivée. Il voudrait savoir s'il peut se projeter ou s'il doit reprendre contact avec les autres acquéreurs potentiels.

— Tu es là depuis plusieurs jours, maintenant. Tes premières impressions ?

— J'aime beaucoup la vie ici, de ce que j'en ai déjà vu. Le métier semble extra, même s'il est bien plus exigeant que je ne me l'étais imaginé.

— Les gens qui aiment lire s'imaginent toujours que c'est le rêve chaque jour de la semaine.

— En effet ! Je pensais pas que mes bras allaient brûler tout autant que ma matière grise. Je sens dans mon corps des muscles dont je soupçonnais même pas l'existence, confie-t-elle avec le sourire.

Justin, mal à l'aise, se râcle la gorge et enchaîne avant de se dégonfler à nouveau :

— Et ton banquier, il en dit quoi ?

Romy semble presque étonnée de la question, bafouille et répond :

— Ah oui, mon banquier ! Il me dit d'aller au bout de mes rêves, de tenter le coup.

Justin trouve la réponse surprenante : le sien aurait sans doute parlé de solvabilité…

— Donc ta banque est prête à te suivre et à te donner les fonds nécessaires ? Et toi, t'as aucune question ? Aucune réserve ?

Chapitre 27

Samedi 9 décembre

Tant qu'il ne demandait pas, après tout… Romy pouvait faire l'autruche, tourner autour du pot. Omettre, c'est pas vraiment mentir, si ?

Romy n'a vu aucun banquier, hormis celui qu'elle a aperçu en agence la dernière fois qu'elle est allée retirer des espèces.

Elle a sur son compte de quoi tenir un mois environ et comme elle n'a plus d'emploi… elle n'a pas tout à fait de quoi acheter un quelconque commerce.

Et pourtant, elle continue sur sa lancée et s'embourbe un peu plus :

— En théorie, c'est bon. Il faut bien entendu attendre la validation du dossier par le siège central de la banque. Je ne sais pas combien de temps il faut exactement…

Elle n'est pas très à l'aise à l'idée d'être là, de partager un tant soit peu le quotidien de cet homme et de son enfant, et de leur mentir à ce point sur ses intentions. Dans la chaleur de leur foyer, là tout de suite, elle hésite à dire la vérité à Justin. Une petite voix moins charitable lui souffle de se faire passer en priorité, qu'elle est venue dans un but bien précis, pas encore atteint. Il sera toujours temps ensuite d'expliquer à tout le monde pourquoi elle a dissimulé ses réelles motivations, et qu'elle n'est pas une manipulatrice dans l'âme.

— De toute façon, poursuit-elle, j'imagine qu'il y a d'autres acquéreurs sur le coup ?

Justin la dévisage plus qu'il ne la regarde. Son expression ne parvient pas à cacher sa perplexité.

— J'ai du mal à te suivre, Romy. On a l'impression que tu m'encourages à la vendre à quelqu'un d'autre… en tout cas, tu as l'air de prendre ça de manière très détachée.

— C'est juste qu'on connaît les banques, balbutie-t-elle. Tu crois que ça va le faire et elles te lâchent à la dernière minute. Donc je comprendrai que tu assures tes arrières, au cas où on refuserait de prêter à une femme seule qui se lance dans le commerce.

Le malaise est perceptible entre les deux jeunes gens. À ce moment précis, elle s'attend à ce qu'il la démasque.

— J'ai des messages qui s'accumulent sur le site. J'imagine qu'il y a d'autres personnes intéressées.

Romy est soulagée, elle ne le mettra pas dans le pétrin. Elle trouvera une pirouette. Peut-être même décidera-t-il de vendre en fin de compte à quelqu'un d'autre, et n'aura-t-elle pas besoin de faire quoi que ce soit.

— Mais, ajoute-t-il à la dernière minute, je t'ai vue faire dans la boutique. Avec Théo aussi, même si ce n'est pas directement le sujet. Je veux laisser mon affaire à quelqu'un qui a une âme et du cœur. Donc non, je ne cherche pas à la vendre à quelqu'un d'autre que toi. Cette librairie t'attendait, je le sens.

Chapitre 28

Dimanche 10 décembre

À la suite du déjeuner et surtout de la discussion avec Justin, Romy a pris un peu de recul. Elle culpabilise à l'idée de profiter de sa situation pour mener à bien sa propre quête. Ça risque de mettre Justin et Théo dans l'embarras, puisque Justin ne cherche personne d'autre en parallèle. S'il ne prend en compte aucune autre candidature, il aura en plus perdu le bénéfice de la visibilité du reportage télé.

De retour au gîte, samedi en fin d'après-midi, elle est tombée sur Lilou avec qui elle a passé la soirée. Elles en ont profité pour faire plus ample connaissance. Quand Lilou lui a proposé d'aller passer la journée du dimanche à Cannes, elle n'a pas hésité une minute, espérant que cette pause lui permettrait de mettre ses idées au clair. Elle sait bien qu'elle aurait dû s'accorder avec Justin. Par correction. Certes, elle est venue à titre bénévole mais elle s'est engagée, ne serait-ce que moralement.

Les jeunes femmes, après avoir emprunté les transports en commun, ont passé la journée à faire les stars autour du Palais des Festivals, de la rue d'Antibes et dans les rues typiques du Suquet. Elles ont également fait un crochet dans une enseigne spécialisée – ouverte le dimanche toute la journée – aux antipodes de la librairie indépendante. Lilou y a acheté trois livres. Romy ne sait pas comment lui dire qu'elle aurait pu réserver ses deniers et les dépenser chez Justin.

— Tu crois que c'était très raisonnable ? lui dit-elle d'un ton le plus léger possible.

— Non, carrément pas. Je vais devoir acheter une autre valise pour tout rapporter, je le sens.

— C'est pas trois livres qui vont justifier le bagage supplémentaire, ajoute Romy avec le sourire le plus large qu'elle ait en stock.

— C'est certain, mais vu le repérage que j'ai fait chez Justin, je risque de pas pouvoir me contenter d'une valise cabine.

Ayant arpenté une bonne partie de la Croisette, d'un port à l'autre, elles se décident à faire une halte sur un banc, après avoir hésité à acheter une glace.

— Tu te rends compte ? Un temps pareil en plein mois de décembre…

— On aurait même pu zapper la veste.

— Tu m'étonnes. Si je m'écoutais, je resterais vivre ici, lâche Romy dans un moment d'inattention.

— C'est pas le projet, en fait ? T'es pas censé acheter la librairie de Justin ?

Romy s'aperçoit qu'elle a bien failli laisser tomber le masque.

— Si, si, bien sûr. J'ai juste encore un peu de mal à le verbaliser. À réaliser que je vais quitter la région où j'ai grandi, ma mère…

Elle a failli ajouter *mes amis*, mais depuis sa séparation, tout le monde lui a tourné le dos. Soit on ne l'a pas crue, soit on n'a pas eu envie d'entendre ce qu'elle avait à dire. Elle a fini par croire que c'était à elle d'avoir honte. Alors que c'est lui qui…

Non, pas maintenant, ne pas penser à ça maintenant…

C'est à la tête de Lilou qu'elle comprend que les vannes ont lâché et qu'elle est en train de pleurer.

— Merde, Romy, pardon ! Je suis la reine pour mettre les pieds dans le plat et…

Une nouvelle salve de sanglots laisse l'influenceuse sans voix. Comment réagir ? Ne pas se montrer insensible évidemment et ne pas se montrer trop curieuse non plus.

— C'est pas ta faute, parvient à prononcer Romy. En réalité, c'est sans doute la seule vraie raison pour laquelle je suis ici.

— Tu veux en parler ? J'insisterai pas, mais si tu penses que c'est plus simple de te confier à une quasi-inconnue, je peux être cette oreille attentive.

— Je pourrais… après tout, c'est pas assez intéressant pour finir sur tes réseaux.

Romy s'essuie les yeux du revers de sa manche, cherche en vain un mouchoir dans son sac. Lilou lui en tend un et d'une voix douce, elle poursuit :

— De toute façon, aujourd'hui, c'est off. Le dimanche, je coupe. Je peux prendre quelques photos ou vidéos, mais ce qui se dit le dimanche, c'est toujours du off.

Un silence s'installe. Pas un silence gênant, juste celui qui précède les moments importants. Ceux qui peuvent changer la vie, ou au moins t'aider à reprendre ton souffle.

— Je me suis fait violer par mon ex, lâche Romy dans un souffle.

— Non, ton ex t'a violée, corrige Lilou sans pouvoir retenir sa phrase. Pardon, c'était pas le moment de te faire un cours de grammaire féministe. Pardon, je t'écoute.

Romy se met alors à parler, librement, déballant tout. Comme jamais elle ne l'a dit. Ni à sa mère, ni même à l'officier de police en charge de recueillir sa plainte.

Elle dit la fatigue, les années de vie commune, la routine et la perte du désir de l'autre. Elle dit aussi la grossesse qui n'aboutit pas. Les « ça arrive, y a qu'à recommencer » de ceux à qui on n'a rien demandé. Le « de toute façon, j'étais pas prêt », de son mec. Et le lien qui s'étiole, le corps de l'autre qu'on commence à ne plus tolérer. On se persuade que c'est normal, que ce sont les hauts et les bas que vit un couple, que ça va passer. Mais il y a de plus en plus de bas, et les hauts fréquentent de plus en plus le ras du sol.

Vient le moment où on sent qu'on n'a pas du tout envie quand l'autre nous approche, qu'on se force un peu, parce qu'on est en couple. Faut faire plaisir à l'autre sinon il aura légitimité à « aller voir ailleurs ».

Jusqu'au jour où elle a dit « non, pas ce soir », qu'il n'a pas écouté et continué à la toucher avant de s'allonger sur elle. Jusqu'au jour où elle a persisté, « non, vraiment, j'ai pas envie » et qu'il a râlé qu'il en avait besoin, ignorant son absence de réaction. Jusqu'au jour, où elle a dit « non, je ne veux pas », mais qu'il a pris quand même. Tout. Jusqu'à son âme.

— T'es partie, après ça ?

— Même pas, j'avais honte. Et comme il avait eu ce qu'il voulait, je pense qu'il a admis que c'était normal…

— Il a… recommencé ?

— Oui, il a pris quand il en avait envie. Je ne disais même plus « non ». Je me repliais à l'intérieur de moi et j'attendais qu'il ait terminé.

Romy n'arrive plus à s'arrêter de parler. Elle n'a pas encore tout dit, mais elle ira au bout. Elle le sait, elle en a besoin. Elle se lève, fait quelques pas désordonnés. Elle pleure une nouvelle fois, se mouche bruyamment. Sans un mot, Lilou lui donne un autre mouchoir. Romy s'en sert pour essuyer ses yeux.

— Bien sûr, c'était encore pas suffisant. Il a commencé à se plaindre que je faisais pas d'effort, que c'était pas marrant de coucher avec une étoile de mer. Je l'ai regardé dans les yeux et je lui ai dit que j'avais plus envie de lui. J'ai avoué que tout ça me dégoûtait et que non, je pouvais pas faire mieux. Alors, il a dépassé encore un peu plus les bornes. Il m'a saisie par la gorge pour commencer, en me disant des horreurs, et a abusé de moi. La fois de trop. Je suis partie, j'ai pris la voiture et je me suis jetée contre un arbre.

Instinctivement, Lilou l'a entourée de ses bras. Elle lui offre une épaule pour pleurer sans pour autant l'étreindre, de peur de l'étouffer.

Romy s'en est tirée avec plus de bleus à l'âme qu'au corps. À sa mère, elle a juste parlé d'accident et de rupture. Les « amis » ont tout de suite pris part pour lui : elle n'avait qu'à partir, si ça ne lui convenait pas ; dans un couple, c'est normal de se forcer un peu, parfois ; faut être sacrément timbrée pour se jeter contre un arbre. Il est devenu la victime, et elle la coupable.

Elle n'a pas trouvé d'oreille plus attentive au commissariat. Un reportage vu à la télé a été le déclencheur. Elle devait le faire pour elle-même, mais aussi pour toutes les autres. Par sororité. Évidemment, on a refusé sa plainte, pris une main courante en lui conseillant de dialoguer avec son compagnon…

— Alors, j'ai tout plaqué : lui, mais aussi mon boulot. Je me suis retrouvée sans appart et sans fric. Retour chez ma mère. La lose, hein…

Les deux femmes se regardent. Dans les yeux de Lilou, du soutien, mais pas de la pitié, et ça, c'est bon pour l'ego de Romy.

Quand soudain, dans un sursaut :

— Du coup… la librairie, tu vas l'acheter avec quoi ?

Chapitre 29

Lundi 11 décembre

Justin n'a pas vu passer la matinée du dimanche. Il y a eu beaucoup de monde à la librairie : les habitués pour les journaux, et aussi les gens qui sont lancés dans les courses de Noël. Les habitants semblent ne plus lui tenir rigueur de sa volonté de vendre. Peut-être même sont-ils venus le soutenir en achetant dans sa boutique. C'est trop tard, mais ça lui permettra peut-être de partir la tête haute. De plus, le magasin est de nouveau rempli et le contact avec la clientèle est ce qui le fait le plus vibrer dans ce métier.

Depuis leur discussion, Romy n'a pas donné signe de vie. Il ne sait pas trop quoi ressentir vis-à-vis de ça. À la fois, elle est là de son plein gré, bénévolement et, à la fois, il estime que si elle est venue, c'est pour apprendre le métier, donc elle ne devrait pas en perdre une miette. Certes, le lundi, ce n'est pas ouvert aux clients, mais il y a du travail.

Pour la première fois, il doute de sa fiabilité.

Il plonge le nez dans les retours et réorganise une fois de plus ses étagères. Vu qu'il est raisonnable sur les réassorts, il réfléchit aux titres qu'il veut remettre en avant. Il est lancé dans la confection de sa table centrale, quand ça frappe légèrement à la vitrine.

Son cœur sursaute. Pas de peur…

Ce n'est pas Romy comme il l'espérait. Seulement Jocelyne.

Il se dirige vers l'entrée, déverrouille et invite l'épouse du maire à entrer.

— Salut Jocelyne ! Que fais-tu au village un lundi de si bon matin ? Tu sais que c'est mon jour de fermeture.

— Justement, je sais que tu es seul au magasin le lundi. On sera pas dérangés.

— Que dirais-tu d'un café ? Je vais rapprocher les deux fauteuils et on va s'installer confortablement.

— Parfait !

— Donne-moi ta veste. Je m'occupe de tout.

Pendant qu'il s'affaire à rassembler les sièges, à préparer leurs boissons chaudes et à disposer quelques biscuits dans une coupelle, Jocelyne erre dans la librairie, faisant traîner son doigt, songeuse, sur les dos des livres.

— Tu as un beau fonds, ici. De quoi ouvrir son imagination sur n'importe quel univers.

— Merci ! En tout cas, c'est ce que j'ai essayé de faire. J'y ai cru, vraiment. Au fait d'amener la culture dans les villages, je veux dire.

Il prend les tasses, les dépose sur une petite table entre les deux fauteuils et fait de même avec l'assiette de biscuits. Ils s'installent tous deux devant leurs mugs fumants.

— Merci Justin, il fait encore bien frais dehors : ça va me faire du bien.

Elle prend un cube de sucre roux, le plonge dans la tasse et remue en silence avec sa cuillère. Justin se tait également. Il aimerait savoir ce qu'elle est venue lui dire. Mais il la connaît assez pour savoir que cela ne sert à rien de la presser. Alors il déguste son café, oubliant pour un temps qu'il s'était promis de ralentir sa consommation.

— On a beaucoup parlé avec Alain, tu sais. On s'en veut de ne pas avoir compris que ton commerce ne marchait pas.

— Attends, c'est pas votre faute. Y a pas de raison de culpabiliser.

— Un peu quand même, on en avait envie de cette librairie, au village. On a validé ton projet, on a même poussé loin l'argumentation pour que ce soit ce commerce-là et pas un autre qui s'implante.

Elle repose sa tasse, fait craquer ses doigts.

— Et ensuite, finalement, on s'est félicités et on a considéré que c'était OK, que ça roulait.

— Vous m'avez fait confiance, et j'ai pas été à la hauteur, soupire Justin.

— Non, tu m'as mal comprise. C'était un pari risqué et on a, de toute évidence, négligé de t'aider sur la longueur. On s'est contenté de voir les gens venir dans ta boutique, et de dire du bien de toi – et du petit. Or, c'est pas ça qui règle les factures.

— Tu as raison, les gens viennent. Ils achètent le journal, blaguent un peu. Au mieux, ils commandent les livres scolaires de leurs gosses. Mais souvent, ils cèdent à la tentation de la livraison dans leur boîte… J'adore le contact, le conseil, mais je suis sans doute pas assez « vendeur » dans l'âme. Et l'un ne peut pas aller sans l'autre.

— On aimerait beaucoup en parler avec toi, Alain et moi. Je te propose qu'on se cale deux rendez-vous. Un pour dîner à la maison, entre amis, parce que c'est ce que tu représentes pour nous, au-delà de la librairie. Je t'ai promis une daube, en plus. Et Alain t'en proposera un autre, à la mairie, pour poser à plat ce qui est encore possible, ou pas.

Chapitre 30
Lundi 11 décembre

Ce matin, Romy a chaussé ses baskets. Les émotions de la veille l'ont épuisée et même si elle est sans doute allée trop loin dans les confidences, elle a profité d'une nuit plus paisible que ces dernières semaines. D'un trait, d'un sommeil lourd et reposant.

En revanche, s'étant réveillée vaseuse, les membres et l'esprit empêtrés dans une sorte de coton, elle a enfilé la tenue de sport qu'elle avait judicieusement embarquée – sans trop croire qu'elle allait l'utiliser. Elle branche le GPS de son téléphone, lance une playlist de Noël, et la voilà partie. Elle courait souvent avec son ex, mais davantage pour répondre à son injonction du corps parfait. Ce matin, pour la première fois, elle en a ressenti le besoin, pour elle, pour son propre bien-être. Le démarrage est difficile, mais elle espère que ça va lui vider la tête. Ensuite, il sera temps de prendre des décisions.

Elle traverse le village qui s'éveille lui aussi. En passant, elle fait un signe de la main à la boulangère qui le lui rend avec un sourire. Elle traverse la place et Gino lui adresse un pouce en l'air. Romain est déjà au milieu de ses sapins. Elle se fait la réflexion qu'il sourit bêtement quand elle aperçoit Lilou, assise sur une souche, en train de le filmer. L'air béat de l'influenceuse ne laisse aucun doute sur l'alchimie entre ces deux-là. Pourtant, Lilou n'a pas dit un mot à ce sujet lors de leur escapade cannoise.

Les deux tourtereaux ne l'ont pas vue, alors elle poursuit son jogging d'un bon train. Elle comptera sans doute ses abattis demain, mais en attendant, elle a une impression de toute puissance. Les pleurs versés la veille l'ont libérée.

Après quarante minutes de course, Romy retourne au gîte. Elle a décidé d'y petit-déjeuner, car la librairie ouvre trop tard pour le faire là-bas. De plus, elle ne se voit pas proposer à Justin de venir plus tôt pour le prendre avec lui.

— Eh Romy, ça va ? la salue Daphné.

— J'ai pris mon courage à deux mains et je suis allée courir dans le village, à la fraîche.

— Excellente idée ! Fais-moi penser à partager avec toi mes bons plans. Il y a quelques petits sentiers très praticables et très agréables pour courir.

— Si tu veux, on pourrait même y aller ensemble, à l'occasion. Je me douche et je reviens petit-déjeuner dans une quinzaine de minutes, si c'est OK pour toi.

L'odeur du café lui titille les narines. Daphné est affairée dans la pièce commune quand elle revient. Cette femme s'arrête-t-elle parfois de s'agiter en tous sens ?

— Ah, te voilà ! Thé ou café aujourd'hui ? Des œufs ?

— Café, s'il te plaît. Et je veux bien des œufs, merci.

Daphné met la poêle sur le feu, casse quatre œufs et les brouille.

— Je vais m'accorder une pause avec toi et, pour une fois, je vais avaler quelque chose.

Daphné prend deux assiettes, y partage les œufs. Elle découpe deux larges tranches dans une miche dont le croustillant enchante déjà les oreilles. Elle leur verse ensuite deux larges mugs de café et désigne le sucre et le lait.

— Je te conseille la confiture de tomates vertes de Gary, elle est à tomber. De toute façon, tout ce que fait cet homme l'est, dit-elle avec un clin d'œil qui laisse deviner qu'elle ne parle pas que de gastronomie.

Romy ne se fait pas prier et en étale une généreuse cuillère. Quand elle met la tartine à sa bouche, c'est une explosion de saveurs. Rien à voir avec les confitures de la grande distribution, à la fois insipides et trop sucrées.

— C'est incroyable, parvient-elle à articuler en s'essuyant la bouche.

— C'est la magie des petits bourgs et du « fait maison ». Ose dire que tu vas pouvoir repartir d'ici après tout ça.

Le cœur de Romy se serre. En réalité, elle n'a pas d'autre choix. Elle ne peut pas acheter cette librairie. Et même si elle le pouvait, ça sonnerait le départ de Justin, dont elle aurait aimé pouvoir se rapprocher davantage.

Les jours passent, elle va devoir accélérer un peu sa démarche et retrouver enfin son père.

— Au fait, j'organise notre traditionnelle soirée de Noël ce week-end. C'est un événement important pour le village. Il est organisé à la salle des fêtes, gracieusement prêtée par la mairie. On offre un apéritif, puis on propose un énorme buffet salé. Et les habitants rapportent un dessert et des boissons.

— Génial, j'en serai, bien sûr.

— En fait, si ce n'est pas trop pour toi, avec la librairie, j'aimerais te solliciter pour le service. D'habitude, c'est ma cousine qui vient nous prêter main-forte, mais elle attend un bébé pour bientôt. Donc pas question de lui demander ça cette année.

Romy la regarde avec des yeux ronds.

— Je te paierai bien sûr, ajoute-t-elle, persuadée que c'est ce sujet qui est à l'origine de la perplexité de sa locataire.

Cette manne arrive à point nommé et cette fête sera l'occasion de parler très naturellement avec tout le monde et de continuer ses investigations. Elle accepte donc la proposition de Daphné avec enthousiasme.

Chapitre 31
Lundi 11 décembre

Romy prend enfin son courage à deux mains et se rend à la librairie. Quand elle arrive, la porte est fermée. Elle s'y attendait puisque c'est le jour de fermeture. En revanche, Justin lui a dit y être la majeure partie du temps pour rattraper tout ce qu'il ne peut pas faire la semaine. Elle ne l'aperçoit pas à l'intérieur. Elle se hisse sur la pointe des pieds : peut-être est-il dans l'arrière-boutique. Pas de lumière, pas un bruit… Elle tapote avec ses ongles sur la porte vitrée. Pas de réponse. Elle persiste, un peu plus fort. Toujours rien.

Il est sans doute chez lui.

Elle ignore comment se signaler. Elle fait le tour du bâtiment. Il y a bien une porte, mais aucune sonnette. Et ses tentatives d'y frapper restent vaines. C'est bien sa chance. Elle aurait dû lui demander son numéro de portable.

Elle appelle sous une fenêtre entr'ouverte. Doucement, puis un peu plus fort. Sans succès.

Elle ramasse quelques graviers et les jette sur le carreau. Un instant, elle craint de briser une vitre. Elle n'a jamais vu ce genre de méthode que dans les séries. Rien ne dit que ça fonctionne, et sans dommage matériel en prime.

Toujours aucun signe.

Elle se baisse, ramasse une dernière poignée. Elle décide de lancer bien fort, prend un peu d'élan et…

— Qu'est-ce que tu fous, Romy, enfin ?

Sous l'effet de la surprise, elle sursaute et son cœur s'emballe.

— Justin, ça va pas de me foutre la trouille, comme ça ?

— Ah, parce qu'en plus, c'est moi le fautif ? Pourquoi tu rameutes tout le quartier de la sorte ?

— Ben, je suis venu te donner un coup de main, et continuer à apprendre le métier.

Il ricane. Il se retient de justesse de la gratifier d'une remarque sarcastique.

— C'est l'heure du déjeuner, Romy… J'étais chez Gino et on m'a dit que tu t'étais lancée à l'assaut de la devanture.

Romy rougit instantanément.

— Tu as le sens du timing, on dirait. Allez, viens, le plat du jour est excellent. Je t'invite, poursuit-il.

Elle lui dirait bien qu'elle n'a pas prémédité son coup pour se faire payer le repas, mais il a déjà traversé la moitié de la place. Alors, elle presse le pas et le suit.

Le restaurateur arrive aussitôt pour la saluer, et ajouter un couvert.

— Ah, mais voilà, notre petite Parisienne ! Tu te laisses tenter par le plat du jour ?

— Bonjour Gino ! Justin m'a dit que ça valait le détour, alors, OK !

Gino disparaît aussi vite qu'il a fini de dresser la table. Il revient avec deux larges assiettes dans lesquelles trônent d'énormes croque-monsieur entourés d'une farandole de crudités locales.

— Spécialité parisienne ! clame-t-il. Tu savais Romy, que ça a été inventé à Paris au début du XXe siècle ? Et je me vante d'en faire de délicieux. Tu me diras ce que tu en penses. C'était le plat préféré d'une demoiselle fréquentée dans ma jeunesse. Comme j'avais pas beaucoup d'argent, ça tombait bien. Je lui en faisais régulièrement et, tu vois, ça m'est resté.

Des warnings se mettent à clignoter dans la tête de la jeune femme. Son père serait-il cet homme ? Elle respire un grand coup : ce n'est pas parce qu'il a fréquenté une Parisienne que c'est gagné. La Côte d'Azur est une région touristique. Il est tout à fait possible qu'avec les virées cannoises régulières de la bande de copains, ils soient plusieurs à avoir fricoté avec des jeunes femmes en vacances.

— Tu étais déjà restaurateur ?

— Pas du tout, j'étais embarqué dans des études qui ne me convenaient pas. Pour faire plaisir à mes parents, immigrés italiens qui avaient tenté leur chance en France. J'ai eu du mal à quitter la fac pour exercer le métier. Ils ont fini par s'y faire, mais ça a brisé leur rêve, quand même.

— Et donc, tout est la faute de la fille… et de ses croque-monsieur ?

— Pas tout à fait. En tout cas, j'ai compris que j'aimais régaler les gens. Allez, je vous laisse manger. Faites signe si vous avez besoin de quoi que ce soit.

Romy est perturbée par ce qu'elle vient d'entendre. Décidément, plusieurs des hommes rencontrés ont des caractéristiques ou une histoire qui en font le candidat idéal.

Elle cherche le regard de Justin qui feint d'être affairé à assaisonner son assiette. Il finit par lever les yeux, mais sans rien dire de plus que « bon appétit ». L'ambiance est pesante, Romy ne sait pas trop comment lancer la conversation. Elle a mal agi, elle le sait. Et pourtant, elle n'a pas le courage de crever l'abcès et de présenter ses excuses. Alors, elle tente avec quelque chose de facile.

— Comment va Théo, aujourd'hui ?

— Bien, je te remercie. Il était surexcité ce matin. Décembre est son mois préféré. Il adore quand le village passe en mode « Noël ».

— D'ailleurs, vous venez à la fête de Daphné et Gary ? Comme c'est le week-end, tu pourras emmener Théo sans craindre qu'il s'endorme sur sa table le lendemain, ajoute-t-elle avec un clin d'œil.

Justin ne répond pas à la tentative de complicité de Romy. Néanmoins, il poursuit la conversation.

— D'ailleurs, l'école aussi joue le jeu. Les enfants ont commencé à préparer tout un tas de surprises pour les parents.

— Théo a déjà rédigé sa liste au Père Noël ?

— Il est à fond ! Et comme c'est un vrai fils de libraire, il y a beaucoup de livres. Quelques jeux de construction aussi : il aime s'occuper les mains et il est déjà adroit pour son âge.

— J'aimerais bien mettre un petit paquet pour lui au pied du sapin, si tu permets. Même si j'imagine qu'il aura tout ce dont il rêve.

— Non, pas tout… il a encore émis un vœu que je ne suis pas en mesure d'exaucer…

Il fait une pause, s'essuie les yeux et achève par :

— ... le retour de sa mère.

Chapitre 32

Mardi 12 décembre

Le lendemain midi, Justin laisse Romy aux commandes de la librairie. Il a rendez-vous avec Lilou et ils ont déjeuné chez Gino, qui les a régalés de lasagnes dont il a le secret.

La jeune influenceuse profite qu'ils attendent le café pour enfin entrer dans le vif du sujet.

— En fait, ce qu'il faut, c'est attirer des gens, Justin. Aujourd'hui, pour que les gens viennent en librairie et y fassent leurs achats, il faut qu'ils y trouvent un service en plus. Sinon, pourquoi se déplacer alors qu'on peut recevoir le livre chez soi ?

— Le conseil, c'est pas suffisant, selon toi ?

Justin ne sait pas trop pourquoi Lilou semble aussi déterminée à l'aider, ni même si elle en a la capacité. La seule chose qu'il se dit, c'est qu'au point où il en est, il n'a rien à perdre. Et que si ça ne lui sert pas, ce sera peut-être un coup de main précieux pour Romy.

— Moi, je te dirais bien que oui. J'achète rarement des livres en ligne, confie Lilou. J'ai besoin de toucher l'objet, de faire bruire ses pages, de le sentir, avant de savoir si je vais l'acheter. D'autres te diront, au contraire, que l'algorithme leur a permis de sortir de leur zone de confort en découvrant des titres incroyables.

— Je ne vois pas trop quoi faire d'autre.

Il baisse la voix, car Gino arrive et dépose deux tasses fumantes. Justin est mal à l'aise avec l'idée que le patron du bar connaisse les détails de ses soucis avec la librairie. Gino s'apercevant qu'il a interrompu une conversation, ne reste pas à bavarder comme à son habitude.

— Il y a pourtant des tonnes de solutions, poursuit Lilou. Déjà, on va faire un live demain soir, comme prévu. En général, j'ai beaucoup de followers qui se connectent, et même qui regardent en replay.

— OK, c'est bien beau, mais s'ils sont en ligne, ça veut pas dire qu'ils vont venir acheter dans ma librairie.

— Tu marques un point. J'ai d'autres idées. Le but, c'est aussi de te faire repérer par des lectrices du coin. Il y a une belle communauté dans la région, « les lectrices du 06 », c'est un groupe de passionnées : elles se réunissent régulièrement pour des book clubs. Elles investissent des librairies, échangent sur leurs lectures et y font le plein de livres.

— Bon, faut être motivé pour venir jusqu'ici.

— Parfaitement ! C'est pour ça qu'on doit réfléchir à une formule qui leur donne envie de le faire.

— Je suis d'accord, ça suffira pas…

— Tout à fait, c'est ta manière de gérer ta librairie qu'il faut revoir de fond en comble.

Justin, pris sur le vif, se retient de lui demander pour qui elle se prend. Elle est peut-être influente, mais gérer un commerce, ce n'est pas que de la communication. Lilou s'en aperçoit et modère son propos.

— Je prétends pas te parler de rentabilité, de factures à payer, ni rien de tout ça. En revanche si tu as envie d'un coup de pouce, j'ai vu plusieurs fois la force des réseaux à l'œuvre. Et ça pourrait au moins te donner un répit suffisant pour te retourner… et, qui sait, conserver ton commerce.

Un léger silence s'installe, le temps pour Justin de ravaler une fierté mal placée.

— Je t'écoute. Avec nos deux énergies, il y a peut-être encore des choses à tenter.

— Il y a plein de choses à organiser : inviter des auteurs pour des soirées littéraires, organiser des retraites d'écriture – aspirants ou confirmés – et pourquoi pas des week-ends à thème.

— Et tu crois vraiment que des gens vont faire le déplacement ?

— Tout dépend de ce que tu vas mettre en place. Le village est une source d'inspiration infinie. Tu pourrais t'associer avec Daphné et Gary, mais aussi avec Gino, expose-t-elle.

— Waouh ! T'as de la ressource ! C'est peut-être à toi que je devrais revendre ma librairie.

Lilou rit et le remercie, elle n'a aucune envie de se poser où que ce soit.

— De toute façon, il y a deux gros soucis. Le premier, c'est que je ne me vois pas reculer et dire à Romy que je ne vends plus. Le deuxième, c'est que je suis complètement fauché.

— Si tu me fais confiance, je crois pouvoir affirmer que ces deux problèmes ont une solution.

Chapitre 33

Mardi 12 décembre

Pendant la journée, Justin a évité au maximum de se retrouver seul à seul avec Romy. Entre l'attirance qu'il éprouve pour elle et cette soudaine envie de garder sa librairie, il ne sait pas trop où il en est. Tout se mélange dans sa tête et chaque fois qu'il réfléchit, ses conclusions sont différentes. Le plus simple est sans doute de voir toutes les pistes qui s'offrent à lui. Ensuite, il sera toujours temps d'arrêter une décision.

Le soir, il s'est rendu chez Jocelyne et Alain. Il n'est pas persuadé que cela va changer quoi que ce soit à sa situation. Après tout, ce dîner est annoncé comme un échange entre amis, pas pour parler affaires. Néanmoins, il ne voit pas comment la conversation pourrait ne pas dériver vers le sujet.

Justin a acheté une bouteille de vin et s'est aussi proposé pour le dessert. Il a commandé à Marcel une pompe à huile, gâteau typique provençal aux doux effluves de fleur d'oranger. Ça annonce Noël et Justin se dit qu'il en mangera plus difficilement quand il aura quitté la région.

Comme il n'y a pas école le mercredi et que les horaires du centre de loisirs permettent à Justin de déposer Théo jusqu'à 10 heures, c'est le mardi soir qui a été retenu pour ce souper.

Théo a insisté pour mettre ses habits de fête :

— On est invité chez le maire, quand même. Je peux pas y aller avec mon jean et mes baskets. Je veux mettre une chemise.

Justin a jugé que la négociation mettrait plus de temps que de repasser la chemise de son petit garçon et il a cédé. La moue réprobatrice de ce dernier l'a d'ailleurs incité à faire de même. C'est ainsi que le libraire et son fils se sont rendus endimanchés au repas.

Au moment, où elle ouvre la porte, l'épouse du maire se retient de rire.

— Dites-moi, c'est la grande classe, ce soir !

— Normal, on est les invités du maire, répond le petit Théo.

— Et de Jocelyne aussi, rectifie Justin.

Leur hôtesse sourit, se baisse vers Théo et lui demande si elle peut lui faire un bisou. Le petit garçon lui tend la joue en guise de réponse puis file à toute allure à la recherche d'Alain, oubliant tout le protocole mondain qu'il semblait vouloir mettre en place.

— Alain n'est pas de la meilleure humeur ce soir. Il est rentré en bougonnant, je ne sais pas trop quelle mouche l'a piqué. Espérons que ton gamin nous déride ce vieux ronchon, confie-t-elle en levant les yeux au ciel.

— Ah, on peut ne pas trop traîner, si tu veux.

— Bien au contraire, ça lui fera le plus grand bien de se faire assaillir de questions par notre élégant Théo. Et si vous partez trop tôt, je risque d'être la seule bénéficiaire de sa soupe à la grimace.

Alain et le petit garçon sont dans le salon, lancés dans une conversation à bâtons rompus. Quand Justin et Jocelyne entrent dans la pièce, le maire se lève et vient à la rencontre de Justin. Il le gratifie d'une accolade chaleureuse pourtant contredite d'un :

— Tu nous gonfles quand même avec tes décisions prises à l'emporte-pièce…

— Alain, pas ce soir. Et surtout pas devant le petit…

En effet, Théo regarde les adultes de ses grands yeux écarquillés, bien décidé à ne pas en perdre une miette.

— Je sais pas de qui tu parles, Jocelyne, parce que je suis grand maintenant, lance le petit garçon d'un ton espiègle.

— Tu as raison, mon grand. Si tu nous accompagnais pour l'apéro, d'ailleurs ?

Elle prend quatre coupes, qu'elle remplit d'un champagne frais pour eux et d'un pétillant à la pomme pour l'enfant.

— Et si on trinquait aux amitiés qui passent les obstacles ? propose-t-elle en leur tendant respectivement leurs verres.

Tout le monde s'installe dans les larges canapés du salon. Théo emplit l'atmosphère de ses récits de cour de récréation, des crêpes qu'il mange chaque matin. C'est quand il aborde le sujet de Romy que la situation prend un tour inattendu.

— Tu sais, Alain, que Romy, elle va racheter la librairie de papa ? Je sais pas trop où on va aller, nous ensuite, mais je la trouve gentille, Romy.

Les trois adultes le regardent, puis leurs regards se croisent, émus et gênés.

— Il suffirait juste d'y mettre un peu du sien et…

— Alain, pour la deuxième et dernière fois de la soirée… lança abruptement Jocelyne. Et si on passait à table ?

Le repas s'est déroulé sans anicroche et la sauce de la daube était goûteuse à souhait, ce qui a rendu le sourire à Alain.

Une fois le dessert englouti, Théo a demandé à sortir de table et il s'est endormi sur un des canapés. Toujours attablés dans la salle à manger, les adultes font le point de toutes les activités qui vont ravir petits et grands d'ici Noël.

— D'ailleurs, je suis passé à la librairie aujourd'hui, sur l'heure du déjeuner, annonce Alain l'air de rien. Je voulais te parler de l'animation « contes de Noël ». T'étais pas là, Justin.

— J'étais sorti déjeuner avec la jeune influenceuse qui s'est mis dans la tête de donner de la visibilité à la boutique. Du coup, Romy est restée puisque j'ai décidé d'ouvrir en journée continue jusqu'à Noël.

— En effet, elle m'a tenu la grappe, je m'en sortais plus. Elle m'a posé plein de questions sur le village.

— C'est normal ! Après tout, si elle décide de rester, il faut bien qu'elle sache où elle met les pieds.

— Je sais pas, elle m'a mis mal à l'aise.

Alain ajoute qu'elle lui a également posé beaucoup de questions, certaines un peu trop personnelles à son goût.

— Elle voulait que je lui parle de mes amis au village, de nos années étudiantes, etc.

Jocelyne s'esclaffe et dit à Justin :

— Il doute même de la sincérité de sa démarche.

— C'est ça, moque-toi, râle Alain. Cette gamine, je sais pas, je la sens pas. J'aurais juré qu'elle tentait de me tirer les vers du nez. Et puis, y a un truc étrange avec elle… à la fois, c'est la première fois que je la vois et à la fois…

— Et sinon, pour les contes ? recadre Justin.

— Figure-toi qu'elle a proposé de s'y coller. Du coup, j'ai sauté sur l'occasion de changer de sujet. Si ça te dérange pas, elle s'en chargera. J'ai proposé deux dates : le mercredi 20 et le samedi 23. Je vais faire aménager le hall de la mairie, ce sera l'endroit parfait. D'ici là, on aura bien trouvé des idées pour sauver ta librairie et la décourager de rester.

Chapitre 34
Mercredi 13 décembre

Justin a mal au ventre. Il passerait de nouveau à la télé, qu'il ne se sentirait pas plus nerveux, et impressionné. Il a tout rangé, tout épousseté, tout aspiré sous les moqueries de Romy. Il a même mis sa plus chouette chemise.

— Tu devrais mettre un peu de parfum d'ambiance, je suis certaine que ses abonnés vont s'apercevoir que ça pue la trouille ici.

— J'aimerais t'y voir ! D'ailleurs, pourquoi ne pas le faire à ma place, si tu es si maligne ?

— Désolée, je voulais juste te taquiner. Je crois que j'ai mal dosé ma vanne. Je serais carrément tétanisée à ta place.

L'ambiance est électrique entre eux. Justin nourrit au fond de lui l'envie de garder sa librairie. Il ne voit pas trop comment les idées de Lilou et d'Alain, même combinées, pourraient suffire à le tirer, au moins provisoirement, de ce mauvais pas. Cependant, il s'est mis à le souhaiter très fort.

Il est mal à l'aise à l'idée de ne rien dire à Romy. Certes, ils n'ont rien signé. Elle ne lui a d'ailleurs même pas présenté de garantie sérieuse concernant une éventuelle reprise. Au téléphone, Lucile, sa sœur lui a demandé s'il était inconscient ou pas réellement prêt à tourner la page de sa vie au village. Cette conversation l'a mis face à ses contradictions. Il a avoué à Lucile qu'il avait répondu aux messages de deux autres personnes intéressées par la librairie. Il leur a dit qu'il avait un potentiel repreneur, que sa piste était sérieuse et qu'il reprendrait contact si cela n'aboutissait pas. Il a avoué aussi que deux éléments l'ont indéniablement influencé. D'abord il doute de la solvabilité de Romy et de sa capacité à reprendre les rênes de la librairie. Ensuite, il a clairement eu envie de passer du temps avec elle, dès la première fois qu'il l'a vue franchir sa porte.

Maintenant, il craint presque autant de perdre son commerce que de le sauver et d'avoir à avouer à Romy qu'il ne joue pas tout à fait franc jeu avec elle. Peu importe comment les choses vont évoluer, il sait que rien n'est possible entre eux. D'autant que rien ne lui garantit que cette attraction, qui gronde de plus en plus fort dans ses tripes, est réciproque.

L'arrivée en fanfare de Lilou le sort de ses réflexions. Elle est déjà en live avec ses followers, et ça, il ne l'avait pas du tout prévu.

— Nous voilà arrivés, mes bookinautes préférés, dans l'antre de Justin, le super libraire de Saint-Pélaire-sur-Siagne. Justin, je te laisse te présenter rapidement, ça te va ?

Que peut-il répondre à cela, hein ? Que non, c'est pas le moment… qu'il se casse prendre l'apéro chez Gino ? Parce que là, tout de suite, il aurait bien besoin d'un remontant. C'est à ce moment qu'il croise le regard de Romy.

Le clin d'œil et le sourire qu'elle lui adresse lui donnent immédiatement du courage et le voilà en train de saluer un écran. Un petit compteur dans le coin indique 834… Serait-ce le nombre de personnes connectées ?

— Bonjour, tout le monde ! Bienvenue à la librairie Des livres pour Plaire du magnifique village de Saint-Pé, comme on a coutume de l'appeler ici, déclame-t-il avec un grand sourire aux lèvres.

— Tu nous parles un peu de toi ?

— D'accord ! Alors je tiens la librairie depuis trois ans maintenant. Je suis arrivé ici à la suite d'une envie de changer de vie. J'étais conseiller principal d'éducation et après quelques années, j'ai décidé de quitter la ville pour la montagne. Comme je n'arrivais pas à obtenir de mutation, je me suis lancé dans un domaine qui me passionne depuis gamin : les livres.

En même temps qu'il parle, Justin a conscience qu'il ment, ou du moins qu'il omet une bonne partie de l'histoire… le trop-plein de violence dans les cours de collège, l'absence de soutien de l'institution et aussi toute l'histoire autour de la mère de Justin. C'est ce qu'on appelle la magie des réseaux : ne donner à voir que ce qu'on veut bien montrer.

— Pourquoi ici ? Ça t'a pas semblé un peu trop reculé ?

— Y a eu plusieurs facteurs. Alors t'as raison, c'est reculé, mais pas inaccessible non plus. On n'est pas si loin de Cannes en voiture et la route est belle. La région vaut le détour : d'ailleurs, l'été, la population triple grâce aux touristes qui ont compris qu'il y fait bon vivre. Je ne peux qu'inciter tous tes followers à louer une chambre dans un des gîtes du village et à venir profiter du bon air provençal. Pour moi, Saint-Pé, c'est le juste milieu entre la montagne et la Côte d'Azur !

Il n'a pas fini de prononcer ces paroles qu'une grosse boule lui remonte dans la gorge : s'il part d'ici, il va en crever. Au sens propre comme au sens figuré.

Heureusement, Lilou impose un rythme soutenu à l'échange.

— Et les autres facteurs, alors ?

— Ma sœur savait que je cherchais à changer de région, que j'avais envie d'un nouveau job. Elle est tombée sur un appel à projets d'un groupe de communes désireux de faire entrer la culture sur leur territoire. En bref, elle m'a aidé à monter ce dossier, je l'ai présenté et ça a fonctionné. Pendant le temps des travaux, j'ai suivi une formation, car c'est un métier qui ne s'invente pas. D'ailleurs, je sais que j'ai encore beaucoup de choses à apprendre.

— Pourquoi avoir choisi de l'appeler Des livres pour plaire ?

— J'arrivais pas à trouver un nom qui me corresponde. J'ai failli l'appeler Lire au sommet, mais ça collait pas. Il y a eu un article dans *Nice-Matin* qui titrait « Des livres pour Saint-Pélaire », alors je suis parti de là.

Justin parle désormais de manière très fluide, prend plaisir à retracer tout l'historique de son aventure et ça lui fait du bien de repenser à ses débuts.

— Maintenant, est-ce que tu pourrais nous faire une visite guidée de ta caverne aux trésors ?

Justin déambule de rayon en rayon, montre ses fauteuils, le petit coin enfants, explique comment il agence sa vitrine. Il est d'ailleurs plutôt fier de sa décoration actuelle : entre le sapin, les guirlandes et les décorations au pochoir sur les vitres, on est immergé dans l'esprit de Noël.

Il a presque oublié la caméra et ce qu'il ignore encore, c'est que le nombre d'abonnés en ligne ne cesse d'augmenter.

— Bon, Justin, maintenant, j'ai une demande un peu particulière à te faire… parce que tu vois, mes abonnés vont adorer cette particularité.

— Est-ce que je dois avoir peur ?

— Mais non, t'inquiète ! On est sur un compte de mordus de livres, je vais pas te demander d'enlever le haut ! Je voudrais juste que tu leur montres ton rayon préféré.

Justin rit, opine du chef et fait signe de la main pour que Lilou – et les followers – le suivent. Il se dirige vers une bibliothèque de cinq étagères et la montre d'un geste théâtral.

— Voici mon rayon préféré, celui consacré à la romance.

Sur l'écran de Lilou, les émojis cœurs et les commentaires s'enflamment.

— Pour une librairie de la taille de la tienne, c'est assez impressionnant, dit-elle. Dis-nous tout, c'est parce que ça se vend beaucoup ces derniers temps, que tu leur as fait une telle place, à ces romances ?

— Je serais un menteur si je niais, mais c'est aussi parce que j'adore en lire. Depuis deux mois, je lis des romances de Noël évidemment, histoire de me mettre dans l'ambiance.

— Le libraire parfait, les filles, je vous le dis ! Si des gars sont tombés sur ce live par hasard, faites comme Justin, lisez de la romance. On est pas très loin de la fin de ce live, alors on va vous laisser la parole pour quelques questions. Quelqu'un veut-il nous rejoindre ?

Lilou regarde sur l'écran qui se signale et qui a des questions à poser. Au milieu des commentaires énamourés s'extasiant du joli minois de ce libraire, elle a tout de même l'embarras du choix.

— Ah, on va accueillir Solène. Elle est aussi instagrammeuse et elle a lancé un book club dans la région. Solène, c'est bon pour toi ?

L'écran du téléphone se partage et le visage angélique d'une jolie blonde apparaît.

— Salut tout le monde ! Je vais pas rester longtemps, car j'ai adopté un jeune chien récemment et si je fais pas gaffe, il va en profiter pour me bouffer un livre ou deux.

— Alors, on t'écoute. J'ai vu ta question et je suis certaine qu'elle va intéresser Justin. Et j'espère surtout qu'elle va intéresser les 1 834 personnes connectées en ce moment.

— Salut Justin, je vais pas y aller par quatre chemins. J'ai vu ton reportage sur Helpvillages. Donc je sais que tu galères et que tu cherches quelqu'un pour reprendre ta librairie.

— Alors, Solène, y a déjà quelqu'un sur le coup. Attends, je vais te la présenter vite fait.

Lilou déplace la caméra vers Romy qui, gênée, fait un petit signe de la main et bredouille un « ouais, enfin rien n'est encore acté » – qui ne tombe pas dans l'oreille d'un sourd.

— Bon, je donne quand même mon idée, reprend Solène. Alors déjà, je me propose pas pour reprendre l'affaire, j'ai pas les thunes.

Les émojis LOL ont remplacé les petits cœurs.

— Lilou, ton live semble marcher du feu de Dieu, et y aura le replay. Pourquoi ne pas lancer une cagnotte participative pour aider Justin à sauver sa librairie, ou au moins à assainir sa trésorerie ? Vous avez qu'à l'appeler « une librairie pour Noël ».

Sur cette idée brillante, les likes redoublent, ainsi que les commentaires confirmant les intentions d'y participer.

Solène a quitté précipitamment le live, son chien Eddie, bien connu de la communauté pour son goût immodéré pour les livres, venant d'engloutir au sens propre le dernier roman de son auteur chouchou.

Chapitre 35
Jeudi 14 décembre

Justin a été plutôt bien entouré ce matin. Romy a de nouveau pris en main la librairie et on la sent de plus en plus dans son élément.

Pendant ce temps, ça lui permet de se concentrer, avec Lilou, sur la mise en place de la cagnotte. Une fois encore, ils se sont installés chez Gino.

— Mais v'là mon libraire préféré avec sa nouvelle égérie. Comment ça va, vous deux ?

— Nickel ! Lilou m'aide à mettre en place une cagnotte participative pour aider à redresser la barre de la librairie.

— Mais alors, tu la cèdes ou tu la cèdes pas, cette affaire ?

— Pour être honnête, je suis partagé. De toute façon, que ce soit pour moi ou pour Romy, cette cagnotte ne peut qu'assainir la situation. Donc c'est pas du temps perdu.

Pendant qu'ils bavardent, Lilou ne perd pas une minute. Elle a commencé à rédiger un texte accrocheur, à réfléchir à des contreparties pour les donateurs.

— Justin, il faut qu'on établisse les paliers, le tance-t-elle légèrement.

— Pardon, pardon, c'est moi qui suis curieux, s'excuse Gino. Pour me faire pardonner, je vous apporte à chacun ma boisson chaude du jour, si ça vous va !

Justin lève le pouce et adresse à son ami une grimace qui ne laisse planer aucun doute : il va devoir se remettre au boulot. Quand Gino revient avec deux énormes verres remplis à ras bord d'un lait de poule au spéculos, les deux comparses sont déjà à fond. Il ne les dérange pas plus, impressionné par la rigueur de Lilou, qui lui adresse tout de même un souriant « Merci ».

— Donc, comme je te disais, il faut prévoir des contre-parties en plus de tes paliers. Mais pas trop non plus. Sinon, ça va noyer l'offre. En plus, ce qu'on veut, c'est t'attirer de nouveaux clients, miser aussi au moins sur le moyen terme.

Elle lui montre son écran, avec le texte d'introduction qu'elle a commencé à rédiger. Elle redonne l'historique de la création de la librairie, dit quelques mots sur Justin, raconte les difficultés rencontrées. Elle explique la bouffée d'oxygène qu'ils essaient de créer, pour éviter à Justin et à son fils de devoir tout quitter.

— Sauf que Romy, elle va peut-être mal le prendre. Et on ment un peu aux contributeurs si elle rachète la librairie.

— Justin, ça c'est mon affaire. Je t'ai dit de me faire confiance, non ?

— Oui, mais…

— C'est soit « oui » et je fonce. Soit « non » et on laisse tomber cette idée. Le « mais » n'est pas une option.

— OK.

Elle lui déroule son plan de contreparties et goodies : le marque-page, le tote-bag, et aussi le café en compagnie du libraire.

— Dis, plaisante-t-il, tu te serais pas trompé de titre pour ta cagnotte ? … à deux lettres près, ça va devenir « un libraire pour Noël », ton histoire.

— Excellente idée ! On va créer une contrepartie : « Passe la nuit avec le libraire ». Si tu me files une photo de toi, torse nu, ça se tente, enchaîne-t-elle le plus sérieusement du monde.

Le visage de Justin se décompose un instant. Ils en rient tous les deux.

Lilou se reconcentre aussitôt. Elle boit une grande gorgée de son lait de poule au spéculos, lève son verre et regarde Justin droit dans les yeux.

— T'es prêt pour ma meilleure idée ?

Il lève son verre et trinque avec elle, en guise d'approbation.

— Voici ma meilleure contrepartie : le jeudi 21 décembre à partir de 18 heures, tu organises un book club spécial « romances de Noël ». J'ai des influenceuses du coin sur le coup, elles sont à fond. Il ne te reste qu'à trouver un lieu – mais le lait de poule de Gino vient de m'inspirer – et une baby-sitter pour Théo.

Chapitre 36

Jeudi 14 décembre

Pendant que la cagnotte s'affine à son insu, Romy prend librement ses marques dans la librairie. Elle commence à trouver dommage de ne pas être en mesure d'en devenir la propriétaire. C'est une profession qui aurait pu lui plaire. Un métier difficile, fatigant, mais tellement motivant.

Elle se retient d'y mettre sa patte, elle se verrait bien réagencer quelques petites choses : les fauteuils, par exemple. Son plus grand plaisir serait de faire une vitrine après les fêtes… mais il est plus que probable qu'elle sera déjà loin d'ici.

Les clients se sont succédé, on sent que Noël approche et que la frénésie des cadeaux est en marche. Elle trouve qu'elle s'en est d'ailleurs bien sortie en termes de conseil et de vente. Elle espère que Justin sera fier du montant de la recette.

Elle est en train de remettre de l'ordre sur la table consacrée aux articles de Noël, quand le carillon retentit.

Elle se retourne pour saluer la personne qui vient d'entrer et constate que c'est Jocelyne, la femme du maire.

— Madame Rothier, quel plaisir de vous voir !

La femme du maire lui sourit et la salue à son tour. À peine discrète, elle scrute chaque recoin de la librairie.

— Justin n'est pas là. Il est parti travailler sur la communication de la librairie avec Lilou.

— Ah oui ? Et vous ne devriez pas plutôt être celle qui s'en occupe... sauf si vous avez changé d'avis sur le fait de rester ici.

— Je commence par apprendre à gérer le magasin, répond-elle étonnée du changement d'attitude de son interlocutrice. D'ailleurs, puis-je vous conseiller, ou vous aider pour vos achats de Noël ?

Jocelyne Rothier ne répond que du bout des lèvres, quelque chose de tellement inaudible que Romy ne sait pas trop comment gérer la situation. Va-t-elle avoir affaire à son premier client pénible ? Serait-ce juste un coup de Justin pour la mettre à l'épreuve ? C'est peu probable, cette femme a sans doute mieux à faire que de jouer au client-mystère.

— Je vous laisse faire le tour du magasin. Je suis là si besoin, conclut-elle.

Romy reprend son rangement, pioche dans des cartons, fait du réassort. Elle en oublie presque la présence de l'épouse du maire.

— Romy Chanteclerc, c'est bien ça ?

— Euh, oui...

— Je dois vous confesser quelque chose... j'ai fait des recherches sur vous. Aucune qualification dans le domaine du livre, actuellement au chômage. Un compte en banque plutôt léger... et, cerise sur le gâteau, vous avez été élevée par une mère célibataire dont le bas de laine n'est pas plus fourni que le vôtre.

— Vous êtes culottée de vous pointer ici et de me balancer ça comme ça, fulmine la jeune femme, les poings sur les hanches.

Maintenant que Jocelyne a attrapé son os, elle ne le lâche plus.

— Je me demande quel banquier va bien pouvoir vous prêter assez d'argent pour prétendre faire l'acquisition des Livres pour plaire. Ma petite, c'est le moment de cesser votre petit jeu. Vous êtes qui et vous voulez quoi ?

— L'EuroMillions !

Jocelyne la regarde avec des yeux comme des soucoupes.

— Qu'est-ce que vous dites ?

— J'ai gagné à l'EuroMillions, un bon paquet d'oseille. Forcément, c'est pas encore sur mon compte. Quand ça y sera, je vais pouvoir payer cash.

Elle n'aurait jamais dû balancer une bombe pareille, mais Romy n'a aucun sens de la répartie. Elle entend dans sa tête une autre des maximes utilisées à foison par sa mère : *Plus c'est gros, plus ça passe.* Sauf que là, c'est bien trop gros pour que cette femme tombe dans le panneau.

— Vous ne m'avez pas convaincue, jeune fille. Je ne vais pas faire d'esclandre avant les fêtes, Théo et Justin ne s'en remettraient pas. Cependant je vous ai à l'œil.

Chapitre 37

Vendredi 15 décembre

La veille, Romy a eu beaucoup de mal à s'endormir. Les paroles de Jocelyne l'ont passablement remuée. Elle ignore jusqu'à quel point elle s'est renseignée, jusqu'à quel point elle bluffe. Elle ne peut pas se permettre de traîner et doit faire avancer les choses avec son père.

Malgré cela, ce matin, l'ambiance est légère au gîte, autour de la table du petit-déjeuner.

Lilou est rentrée en pleine nuit. Romy, qui ne dormait que d'un œil, l'a entendue. Sa jeune voisine, soit maladroite soit légèrement ivre, a eu du mal à négocier sa montée dans les escaliers et s'y est étalée de tout son long, dans un chahut de tous les diables. Romy est sortie de son lit, cheveux ébouriffés, en petite culotte et débardeur, pour trouver une Lilou hilare et affalée dans les marches. Après avoir vérifié qu'elle ne s'était rien cassé, les deux jeunes femmes ont regagné leurs chambres respectives.

Alors, au petit-déjeuner, Romy est décidée à en apprendre plus sur les pérégrinations nocturnes de la jeune influenceuse.

— … histoire de te faire pardonner de m'avoir tirée, hirsute, de mon lit en pleine nuit.

Lilou remue sa cuillère dans sa tasse de thé. Elle décoche à Romy un petit regard en coin, l'air mutin. Sans doute pour se faire prier un peu.

— Me regarde pas comme ça, on dirait que t'as des flingues à la place des yeux.

— C'est juste l'état de mes yeux quand on les oblige à s'ouvrir en plein milieu de la nuit, plaisante Romy. Bon, je suis curieuse, c'est vrai, mais je veux pas te forcer la main non plus. Ma curiosité devra respecter ton jardin secret, si t'y tiens.

Lilou prend son temps, elle aime ménager les effets d'attente.

— On se le fait en mode énigme ? Alors… j'ai passé la nuit avec un des mecs les plus mignons du coin.

— La nuit, la nuit… juste une partie…

— Je suis pas fan des réveils gênants au petit matin, la bouche pâteuse, avec un quasi-inconnu qui te trouvait jolie la veille encore.

— Ouais, le fameux effet Cendrillon…

— Voilà, t'as tout compris. Et vu sa situation, en plus, mieux vaut qu'on ne me trouve pas dans son lit au petit matin.

Le cœur de Romy manque s'arrêter. Justin… Bien sûr, elle a couché avec Justin. Et au petit matin, elle ne voulait pas croiser Théo. Certes, ils ne se doivent rien, il ne s'est même rien passé entre eux, mais ça lui retourne le ventre. La déception ? Sans doute. La jalousie ? Sans hésiter.

— Ah, Justin et toi ? J'avais pas vu venir…

Lilou s'esclaffe, recrache le morceau de tartine qu'elle était en train de mâcher.

— Quoi ? Justin ? Pas du tout ! J'ai fricoté avec Romain. Et comme il vit toujours chez ses parents, je trouvais un peu prématuré de faire leur connaissance. Alors, je suis sortie par la fenêtre, comme dans les séries pour ados.

— Han, mais c'est hyper dangereux !

— Carrément, j'aurais pu me rompre les os…

Devant la mine ahurie de Romy, Lilou rit encore une fois et termine sa phrase :

— … mais sa chambre est au rez-de-chaussée !

Sur ces entrefaites, Daphné arrive dans la salle commune, les bras chargés.

— Alors, les filles, vu l'ambiance qui règne ici, je ne vous demande pas comment ça va. On vous entend rire de loin !

— Oh désolée, commence Romy.

— Désolée de quoi ? De votre joie de vivre ? Au contraire, ça fait un bien fou, surtout que le temps est plutôt gris dehors aujourd'hui. Il pleuvrait dans la journée que ça m'étonnerait pas.

Daphné s'affaire, range les courses qu'elle a rapportées et commence à débarrasser la table du petit-déjeuner.

— D'ailleurs, il faut que je passe à l'accueil, dit Romy. Ma réservation s'arrête aujourd'hui et je voudrais bien rallonger d'une semaine.

— Je finis de ranger ici et je suis à toi. Comme ça, j'en profiterai pour te donner quelques informations pour la soirée de demain. Ensuite, faudra que je file voir Romain.

J'ai pas encore pris le sapin pour le gîte et j'ai cru voir qu'il ne lui reste pas grand-chose.

Romy pouffe, Lilou lui fait les gros yeux. Daphné les regarde, un peu étonnée, mais pas décidée non plus à creuser ce qui provoque cette hilarité chez ses pensionnaires. Alors, elle poursuit.

— Je vais aussi en négocier un ou deux pour la salle des fêtes, et lui demander de me les livrer. Comme je l'ai invité, il peut rien me refuser.

Romy se met à fredonner « Mon beau sapin » et Lilou lui lance un bout de pain pour la faire taire.

— Vous êtes vraiment déchaînées ce matin ! Lilou, tu seras des nôtres ?

— Ah ça, pas question qu'elle rate la soirée ! finit de s'esclaffer Romy.

Quand Romy arrive à l'accueil, quelques minutes plus tard, Daphné vient de clore sa conversation téléphonique.

— Je suis tout à toi, annonce la propriétaire du gîte. Je te prolonge d'une semaine, c'est ça ?

— Oui, même si je pense, que je ferai pareil la semaine suivante, dit Romy en dégainant sa carte bancaire.

Elle la tend à Daphné qui fait une drôle de tête, et tape frénétiquement sur la touche « entrée » de son clavier.

— Donne-moi quelques secondes, j'ai l'impression que mon site a planté.

Romy en profite pour regarder son téléphone. Deux appels en absence de sa mère. Elle ne l'a pas appelée depuis deux jours, et elle sait que cela va lui valoir quelques remontrances.

— Romy, je sais pas ce qui se passe : le logiciel me dit que tout est loué. C'est bizarre. Attends, je vais voir avec Gary, je reviens.

Une quinzaine de minutes passe. Romy jurerait avoir entendu des éclats de voix. Quand Daphné revient, son visage trahit un mélange de gêne et de colère.

— Je te confirme que j'ai plus une chambre de libre. Gary a tout loué pour la fête de ce week-end.

— Comment c'est possible ? panique Romy.

— Il prétend qu'il a oublié que tu devais renouveler… qu'il a saisi les réservations sans réfléchir. Et je ne peux rien faire… les paiements ont déjà été validés. Nos hôtes ont quitté le village il y a quelques mois. Ils voulaient pas rater la fête de Noël, apparemment. Ils arrivent demain et ne repartent que lundi matin.

— C'est la lose… y a d'autres gîtes dans le coin ?

— J'ai appelé ceux des alentours, mais ils n'ont plus rien de disponible.

Chapitre 38

Vendredi 15 décembre

C'est une Romy traînant les pieds que Justin voit arriver à la librairie. Elle le salue brièvement, s'enquiert des tâches à réaliser avant l'ouverture, et se met au travail. Le libraire termine de trier les commandes qui lui ont été passées, avant d'appeler et d'envoyer des SMS aux clients concernés. Il observe la jeune femme d'un œil discret et ignore s'il doit lui demander ce qui la contrarie. Il ne veut pas paraître intrusif. Ils ne se connaissent pas suffisamment pour qu'il prenne le risque d'entrer dans son intimité.

Mais quand elle éclate en sanglots, il ne peut continuer à faire comme si de rien n'était. Il s'approche d'elle avec délicatesse.

— Romy, je peux faire quelque chose ?

— À moins que tu ne sois également propriétaire d'un gîte ou d'un hôtel, j'en doute.

— Comme tu sais, j'ai déjà du mal à me dépatouiller avec la librairie…

Romy manque de s'étrangler entre ses larmes et le rire provoqué par la réplique et la mine déconfite de Justin.

— … pourtant ça se passait bien chez Gary et Daphné, non ?

— Avec Daphné, c'est sûr. Gary, en revanche, semble déterminé à me faire payer ma venue ici. Il savait très bien que j'allais renouveler la location de ma chambre… or, il l'a quand même louée pour le week-end.

Justin la regarde l'air contrit. Il a envie de dire que c'est pas le genre de Gary d'agir ainsi, mais les réactions de certains depuis l'annonce de son possible départ ont été surprenantes. En revanche, ça le contrarie qu'on puisse s'en prendre à Romy, qui n'a rien à voir avec tout cela. Elle a vu une annonce et elle est venue tâter le terrain, c'est normal.

— Si j'avais pas la librairie à tenir avec toi, je serais allée passer le week-end à Nice par exemple. Il paraît que la ville est superbe. Mais je me suis engagée et je suis pas véhiculée pour faire des allers-retours. C'est la galère ! conclut-elle, des larmes de colère dans la gorge.

Avant même qu'il ait sérieusement réfléchi à ce que ça implique, il propose :

— J'ai une chambre d'amis. Tu peux l'occuper autant que tu veux.

Aussitôt, il se fait la réflexion qu'il aurait préféré partager son lit avec elle. Il se reprend et empêche son esprit – et son cœur – de divaguer.

— OK, je t'avoue que je peux pas me permettre de réfléchir ni de refuser.

Cette proposition est une aubaine et Romy retrouve instantanément le moral. Elle poursuit avec un franc sourire aux lèvres :

— Je viendrai déposer mes affaires demain matin, avant l'ouverture de la librairie.

— Tu peux même venir dès ce soir, et dîner avec nous.

Romy est touchée de tant de solidarité de la part de cet homme, dont elle n'imagine pas un instant avoir renversé le cœur.

— Je vais couper la poire en deux, si tu veux bien. Je vais apporter la majeure partie de mes affaires ce soir et dîner avec vous. En revanche, j'ai payé ma nuit donc je compte bien occuper ma chambre ce soir encore.

— Eh bien, c'est entendu !

De manière tout à fait naturelle et inattendue à la fois, elle se jette dans ses bras :

— Tu me sauves la vie, merci !

L'odeur délicate de son parfum embaume les narines de Justin qui profite de ce moment agréable.

— Oh pardon, je suis navrée ! Parfois, je réagis comme une enfant. C'était maladroit de te tomber dans les bras comme ça.

— Pas du tout, j'ai aimé. Euh, je comprends, ajoute-t-il en rougissant comme une pivoine, ça m'arrive de réagir à l'instinct. T'en fais pas.

Et surtout, il aurait voulu qu'elle s'y abandonne un peu plus longtemps. Pensant noyer le poisson, il ajoute :

— C'est Théo qui va être content.

Chapitre 39

Vendredi 15 décembre

Pendant la pause du déjeuner, Romy a fait un saut au gîte. Elle a annoncé à Daphné qu'elle avait trouvé un point de chute, chez Justin.

— Du coup, tu reviens lundi ? Je peux te faire la réservation tout de suite, si ça t'arrange.

— Franchement, Daphné, moins je croise Gary, mieux je me porte. Si ça se passe bien chez Justin, j'y resterai.

— Je sais que tu es très contrariée, je le serais aussi. Mais c'est juste un malentendu.

Romy lève les yeux au ciel. Elle n'a aucune envie de parlementer. Elle a sa part de responsabilité, elle aurait dû penser à prolonger sa réservation. Elle va l'assumer.

— Tu assures quand même le service, demain soir ? demande Daphné, penaude. Si tu me plantes maintenant, je vais avoir du mal à me retourner.

— J'aurais pu prononcer ta dernière phrase à l'identique… Mais t'inquiète pas, quand je m'engage, je vais au bout. Et puis, j'ai besoin d'un peu de liquide, donc je serai là.

Elle tourne les talons et monte dans sa chambre. Elle plie ses vêtements qu'elle remet dans la plus grosse de ses deux valises. Soudain, elle sent la chute d'adrénaline et s'assied sur son lit. Elle se demande dans quel bourbier elle s'est collée.

Elle est venue dans ce village pour rencontrer son père. Et maintenant qu'elle n'est peut-être plus qu'à quelques phrases de percer le mystère, elle hésite. A-t-elle le droit de bouleverser des vies ? Veut-elle vraiment faire partie de la vie de gens dont elle n'a jamais eu besoin et qui n'ont peut-être pas envie qu'elle s'immisce dans leur existence ?

De plus, elle ment à un homme qui cherche un repreneur pour son commerce, elle lui fait perdre son temps, alors qu'il élève seul son petit garçon. Pour couronner le tout, elle se retrouve à la rue et n'a d'autre solution que d'aller squatter sa chambre d'amis. *Ma pauvre Romy, manquerait plus que tu couches avec lui, ce serait le bouquet !*

Elle remet son appel à sa mère, se contente d'un SMS : « Je pense avoir avancé sur l'identité véritable de Marius, mais je flippe. Je crois aussi que j'ai été démasquée… au moins sur mon absence d'intention de reprendre la librairie. Je sais plus quoi penser de tout ça, mais j'ai pas trop envie d'en parler aujourd'hui. Je t'aime. »

Puis elle repose son téléphone, écran contre la surface du matelas. Cela lui évitera de voir que sa mère va la rappeler en boucle. Or, elle n'a de force ni pour culpabiliser de son absence de réponse, ni pour tenir une conversation si elle décroche.

Elle n'a d'ailleurs plus aucune énergie pour rien et décide de se pelotonner quelques minutes sous l'énorme couette… avant de s'endormir profondément.

Chapitre 40
Vendredi 15 décembre

Romy s'est réveillée de sa sieste comme après une gueule de bois. Impossible de dire si elle a récupéré, car elle souffre d'un très gros mal de crâne. Elle se lève, cherche dans sa trousse de toilettes pour constater qu'elle n'a pas pris un seul cachet. La douleur est déjà suffisamment installée pour qu'elle sache qu'il est impossible qu'un verre d'eau et une goulée d'air frais règlent le problème.

Elle part frapper à la porte de Lilou, mais celle-ci ne répond pas. Elle décide de descendre demander à Daphné si elle peut la dépanner d'un comprimé, mais elle tombe sur Gary.

— Bonjour Romy, dit-il d'un ton cordial. Comment vas-tu, aujourd'hui ?

— À merveille, vu que je me retrouve sans logement dès demain… ironise-t-elle.

— Je suis navré, tout est de ma faute. J'ai validé la réservation sans me poser de question et…

— Je sais que tu veux me voir déguerpir, que le départ possible de Justin te contrarie. J'y suis pour rien, en fait. Donc j'aimerais ne pas avoir à payer les pots cassés de ce que tu ressens. Bref… Je cherchais Daphné : j'ai mal au crâne et je voulais lui demander de me dépanner d'un ou deux cachets.

— Elle est pas là, mais j'ai ce qu'il te faut. Je reviens.

Romy reste à l'accueil pendant que Gary s'est éclipsé. Elle s'attendait à ce qu'il se montre soit désagréable, soit à ce qu'il cherche à s'inventer des excuses minables. Rien de tout cela : il a sauté sur l'excuse des comprimés pour filer.

— Tiens, j'ai du paracétamol et de l'ibuprofène. Prends ce dont tu as besoin. Et tant que j'y suis, je tiens à te présenter mes excuses. Tu as raison, je me suis comporté comme le roi des cons. Non seulement, t'es pas responsable de la situation, et en plus, ne pas te loger ne va pas rien régler non plus.

Romy ne s'attendait pas du tout à cela.

— Merci pour ta franchise. Si je reste, j'aurai besoin du soutien de tout le monde. Je ne cherche pas à mettre quiconque dans l'embarras, au contraire. Je suis venue ici pour trouver un nouveau souffle, pour savoir qui je suis. Je suis bien contente de ne pas avoir à te compter parmi mes ennemis.

— Si tu décides de revenir après le week-end, je t'offre une nuit et un repas, histoire d'enterrer la hache de guerre.

— Encore un peu et tu me proposais aussi le calumet de la paix…

Cette trêve est appréciable, même si elle garde encore un peu de rancœur à l'idée de devoir déplacer toutes ses affaires pour quarante-huit heures.

Elle s'est arrangée avec Gary : elle a laissé une partie de ses effets personnels à la réception du gîte et n'a pris que le nécessaire pour passer deux nuits chez Justin. Ce dernier lui a montré sa chambre et elle y a déposé ses bagages, avant de finir l'après-midi à la librairie.

Son retour arrange d'ailleurs Justin qui a réussi à obtenir un rendez-vous avec son banquier. Il lui demande si elle peut tenir la librairie pendant une heure ou deux, sans toutefois lui avouer pourquoi il s'absente.

Alors qu'elle est occupée à refaire des piles et à réorganiser une fois de plus quelques titres, Alain entre dans la librairie. Elle le salue, mais ne lui accorde pas plus d'attention. Elle craint de ne pas avoir été assez mesurée la dernière fois qu'elle lui a parlé, et qu'il ait vécu ce moment comme un interrogatoire.

Au bout de quelques minutes, le trouvant tout de même fort silencieux, elle le cherche du regard. Il est planté là, tenant dans les mains la magnifique adaptation BD de *Marius* de Pagnol qu'elle a délibérément mise en avant dans le magasin.

— Je ne peux que vous la conseiller, c'est un magnifique hommage à cet incroyable roman.

Il sourit, et ne répond rien. Il tourne les pages sans un mot.

— Vous aimez Pagnol ?

— Un peu comme tout le monde dans le coin, répond-il. On lisait ça à l'école, forcément.

— Et pourtant, on dirait que ce livre vous a littéralement attrapé.

Alain se racle la gorge, hésite un peu – sans doute, car leurs échanges n'ont jamais été cordiaux – et se lance :

— Disons que ça m'a renvoyé à une lointaine partie de ma vie, du temps où mes cheveux n'étaient pas encore gris… Les copains se fichaient de moi et m'appelaient Marius. À tel point qu'elle aussi…

Romy n'en revient pas. Elle retient son souffle, attend une suite qui ne vient pas. Alors elle relance :

— Elle ? Jocelyne ?

— Non, c'était avant Jocelyne. Une jeune femme… le temps d'un été. J'ignore toujours son nom. Dans mon esprit, elle reste Fanny.

Alain est parti avec la BD, laissant une Romy incapable de savoir quoi dire, quoi faire. Dans la foulée, Justin est revenu et avec la sortie des classes, ça a été le rush. À la fermeture, Justin lui a même confié qu'il n'avait pas eu de si gros achats depuis bien longtemps. Les villageois se sont réveillés : non seulement, ils ont passé des commandes, mais en plus, ils semblent avoir à cœur de dénicher les pépites de son fonds. Quand enfin, ils tirent le rideau, Justin annonce une recette très confortable.

— Je me suis permis de parler de la cagnotte en ligne, avoue Romy. J'ai même noté le lien sur des bouts de papier à ceux qui sont peu familiers des réseaux et de l'utilisation d'Internet sur leur téléphone.

— Tu es étonnante, tu sais. Je croirais presque que tu m'as été envoyée pour que je sauve la librairie.

— Qui sait, répond-elle un peu gênée.

Une fois la librairie rangée – le coin jeunesse semblait avoir connu un véritable raz-de-marée – Justin invite Romy à rejoindre le logement. Elle aurait aimé se retrouver un peu seule afin de digérer l'épisode avec Alain. Elle hésite à appeler sa mère, car elle sait que cette dernière pourrait réagir de manière impulsive, ne laissant plus la possibilité à Romy de faire les choses à sa manière.

Une fois dans l'appartement, Théo se jette dans les bras de son père. L'enfant est heureux de le retrouver, mais aussi de partager sa vie avec Romy pendant deux jours.

— Justin, je peux filer ? demande Célia. J'ai un gros devoir sur table en maths, demain, et j'ai encore beaucoup de boulot.

— Heureusement, j'ai bien aidé Célia à réviser, annonce Théo avec fierté.

— En effet, il a colorié en silence pendant que je refaisais mes exercices.

Justin remercie la lycéenne, lui souhaite une bonne soirée et surtout du courage pour cette fin de période. Cette année, les vacances scolaires n'arrivent que deux jours avant le réveillon, ce qui est une chance pour lui. Théo étant à l'école, il n'a pas à se soucier de l'occuper la journée sur la semaine qui précède Noël et qui est épouvantablement chargée. Encore plus depuis que Lilou lui a rajouté le book club.

— Tu veux que je t'aide à quelque chose ? propose Romy à Justin.

— Moi, je veux bien que tu fasses couler mon bain, intervient Théo. Et que tu m'aides à choisir un pyjama propre.

Romy interroge Justin qui lève les bras en l'air en guise de résignation.

— Théo, je crois que tu en as changé hier, déjà…

— Papa, on a une invitée, je peux au moins la recevoir dans un pyjama tout propre.

L'aplomb du petit garçon fait rire tout le monde, alors il ose aller un peu plus loin.

— Et comme c'est une soirée spéciale, on peut aussi décider qu'on mange des crêpes ! ajoute-t-il surexcité.

— Théo, tu abuses. Allez, direction le bain !

— Mais papa, commence à pleurnicher l'enfant, dans un début de caprice.

— Théodore, ça suffit, réplique Justin.

Il n'a pas besoin de hausser le ton davantage pour que l'enfant file vers sa chambre, en faisant signe à Romy de le suivre. Celle-ci interroge le père du regard : un clin d'œil indique que cela lui convient… et Romy sent une soudaine chaleur l'envahir. *Voyons,* se morigène-t-elle, *tu réagis comme une ado au moindre petit signe d'affection.*

Romy s'imagine un instant vivant dans ce foyer, entre un homme équilibré et doux et son fils à la fois vif et attachant. Elle n'aurait aucun mal à aimer un enfant qu'elle n'a pas porté si celui-ci lui faisait la joie de la laisser trouver sa place.

Elle est venue chercher un père et, de ce côté-là, elle n'a pas avancé autant qu'elle le voudrait. Elle s'aperçoit qu'elle aimerait sans doute y trouver une famille tout entière. Mais si l'enfant agit avec elle comme si elle avait toujours fait partie de leur vie, ce ne sont pas les quelques œillades échangées avec Justin qui peuvent lui laisser croire que quelque chose est possible entre eux. Pourtant, plus elle le fréquente et plus elle sent le besoin de le voir, de faire partie de sa vie.

Il va falloir qu'elle reparte avant de se brûler les ailes… d'autant qu'il ne voudra sans doute plus lui adresser la parole quand il comprendra qu'elle s'est servie de lui.

— Allez, à table ! claironne Justin.

Romy, sollicitée par Théo, a supervisé le bain et la mise en pyjama du petit garçon. Ça lui a rappelé ses années de baby-sitting.

Quand elle revient avec un petit gars propre comme un sou neuf, elle a le plaisir de voir une table mise avec soin. Elle doute que Justin ait le temps de mettre les petits plats dans les grands tous les jours, alors l'attention la touche beaucoup.

— Papa, c'est trop beau ! On dirait un rendez-vous d'amoureux !

La spontanéité de Théo met le rose aux joues des deux adultes. La grande candeur de l'enfant vise plus juste qu'il ne pourrait le croire.

— Le problème, c'est qu'il y a une seule fille. On va devoir se battre pour le cœur de la demoiselle en détresse, continue le petit garçon, dont on sent qu'il a été bercé aux contes merveilleux

— J'ai vraiment l'air d'être en détresse ?

— Tu le seras peut-être quand tu auras goûté à ma cuisine, tente Justin pour rendre l'atmosphère moins gênante. Mon Théo, je pense qu'il va falloir que j'arrête de te lire des histoires de chevaliers sauvant des princesses.

— Ouais, j'aimerais bien une histoire de chevalière qui vient sauver un prince. Moi aussi, je voudrais qu'on me sauve des monstres, parfois, confie le petit garçon.

Grâce à sa jolie table, Justin a réussi à transformer un repas simple en un vrai festin. Un gratin d'aubergines avec un poisson en papillote, le tout cuisiné maison. Il n'en faut pas plus pour mettre tout le monde d'accord.

— Je ne t'imaginais pas bon cuisinier, le félicite Romy.

— Papa a plus d'un tour dans son sac, hein. L'essayer, c'est l'adopter, enchaîne le petit garçon.

Toutes ses remarques pourraient constituer un guide parfait, intitulé : *Comment embarrasser ton parent solo lors d'un premier rendez-vous à domicile…*

À la fin du repas, après avoir englouti son chocolat du calendrier de l'avent, Théo demande si Romy peut l'accompagner pour le coucher et lui lire un petit bout d'histoire.

Justin en profite pour débarrasser la table et ranger la cuisine. Son fils manque tellement de discrétion, qu'il l'entend dire à Romy, avec le plus grand naturel :

— Si tu as peur, cette nuit, tu peux dormir avec papa. Moi, je suis courageux et Arsène me protège.

Quand elle revient après avoir souhaité une bonne nuit au petit garçon, Justin est trop gêné pour faire une remarque sur la dernière facétie de son fils. Voilà si longtemps qu'il n'a dormi avec personne. Il a eu des aventures depuis Marie, la mère de son fils, mais il a toujours fait en sorte de partir avant le lever du jour. C'est tellement intime de dormir avec quelqu'un. Il ne s'est jamais senti prêt à ouvrir son cœur. Avec Romy, ça pourrait être différent, son cœur le lui dit. Or Romy est destinée à rester, et lui à s'en aller. Mauvais alignement des planètes.

— Un petit coup de main pour la vaisselle ? propose-t-elle.

— Trop tard, tout est rangé et nettoyé. Je te fais un café ?

— Si t'as un déca, je veux bien.

Une fois servis, ils emportent leurs tasses dans le salon. Justin propose à Romy de s'installer dans le canapé, sur lesquels ils se posent, chacun à un bout.

Ils se mettent à parler de tout et de rien, pour commencer. De la clémence du temps, de leurs enfances respectives. Ils se sont mis d'accord pour couper et ne pas parler travail, même si ça pouvait sembler être le moment idéal. Romy n'a pas insisté, tant elle a peur qu'il la perce à jour.

Ils ont fini par s'ouvrir un peu sur leurs vies privées, surtout Romy. Depuis qu'elle a confié son passé à Lilou, elle s'est débarrassée de la honte qu'elle ressentait auparavant. Justin n'est pas encore prêt à se livrer, Romy l'a compris dans la manière qu'il a de parler de l'absence de Marie. Il est tout en retenue, ne parlant que par litotes et euphémismes. Il semble ne pas encore avoir digéré cette partie douloureuse de sa vie. Alors Romy ne force rien. Après tout, dans quelques jours, elle sera partie. Et peu importe la suite, il n'y a aucune chance qu'elle soit une histoire commune.

— Tu connais la série « *Christmas Flow* » ? demande Justin.

— Non, pas du tout.

— On se laisse tenter par un épisode ? Il paraît que c'est doux et drôle à la fois.

On ignore à quel moment la fatigue les a emportés, mais au petit matin, Theo les a retrouvés endormis l'un contre l'autre devant une télé toujours allumée.

Chapitre 41

Samedi 16 décembre

Ni Romy ni Justin n'ont reparlé de la fin de soirée et de ce qui les a conduits à s'endormir ainsi. Il a fallu préparer le petit-déjeuner – crêpes évidemment – et habiller Théo avant l'arrivée de Salima et de sa maman. Ce matin-là, en plus du marché hebdomadaire, il y a des activités dans le village, et Salima et Théo ont prévu de s'en donner à cœur joie.

À la librairie, c'est clairement la cohue. À deux semaines de Noël, il a été décidé que le commerce ouvrirait exceptionnellement les deux samedis après-midi avant le réveillon.

Justin n'a jamais connu ça, et même s'il regrette que cela arrive sans doute trop tard, cela le rend heureux. Romy et lui passent la journée à conseiller, encaisser et faire des paquets cadeaux. Ils ont juste le temps, chacun leur tour, de manger un sandwich sur le pouce en guise de pause-repas.

Vers 17 heures, Romy lui rappelle qu'elle part tôt, car elle doit prendre une douche, se changer et filer aider Daphné pour la grande soirée de Noël.

— On se voit tout à l'heure ? demande-t-elle.

— Oui, j'ai promis à Théo. On a réservé nos places.

— Je suis certaine que ça va être une super soirée !

— Mon seul regret est qu'on ne la passe pas réellement ensemble, ose-t-il.

Elle lui répondrait bien que ce n'est que partie remise, mais ils savent tous deux à quel point c'est improbable.

D'emblée, Romy s'aperçoit que l'organisation de Daphné et Gary est parfaitement rodée. Quand elle arrive, vêtue d'un pantalon noir, d'un chemisier blanc un peu ajouré et de petits mocassins idéaux pour courir partout toute la soirée, tout est déjà prêt. Chacun est occupé à de petits ajustements de dernière minute, notamment Romain et Lilou qui s'affairent à vérifier non seulement les sapins, mais également tout ce qui touche à la décoration de la salle. Leur complicité est charmante à voir, et Romy en ressent une petite pointe de jalousie.

Une piste de danse placée au centre des tables est surmontée d'un filet contenant plein de ballons aux couleurs de Noël et le DJ dont la sono est située à l'écart, vérifie que le son est parfait.

Daphné confie à Romy une liste et un plan de table.

— Je me suis dit que ce serait pour toi l'occasion de placer tout le monde, et donc de mettre un nom et un visage sur chaque personne. En plus, à côté de chaque nom, je t'ai mis leur rôle au village ou leur profession, si ça peut t'être utile. Une fois tout le monde arrivé et placé, reviens me voir et je t'expliquerai comment aider pour la suite du service.

C'est déjà l'heure, et l'impatience est aussi grande à l'intérieur qu'à l'extérieur de la salle. Tout le monde se réjouit à l'approche de cette fête, qui marque la fin d'une année écoulée, permet au plus grand nombre de se retrouver et de partager un moment de convivialité. C'est parfait pour Romy qui va ainsi continuer à faire connaissance avec les habitants, et aussi envisager les liens que les uns et les autres entretiennent entre eux.

Les premiers à arriver, mis sur leur 31, ce sont Marcel et Paulette, le couple de boulangers. Le dessert a été commandé chez eux, alors ils sont doublement fiers d'être là.

— Vous êtes très élégants, tous les deux ce soir, les complimente Romy.

— Tu es rudement à ton avantage aussi, lui retourne Marcel, sous le regard faussement réprobateur de Paulette.

Elle prend leurs noms, leur désigne la salle et les accompagne à leur place.

— Amusez-vous bien !

— J'espère tenir le coup jusqu'au dessert, dit Marcel.

— Espérons que la sieste suffise, ajoute son épouse. Le fournil, lui, n'attendra pas demain.

Romy admire les gens qui sacrifient leur sommeil pour la satisfaction de leurs clients.

Après plusieurs personnes avec lesquelles elle a pris le temps de faire connaissance, Romy voit arriver Gino qui, lui aussi, a revêtu ses habits de lumière pour l'occasion.

— Eh ouais, t'en reviens pas, hein ! Gino sait s'habiller ! La classe à l'italienne !

Romy prend un plaisir certain à accueillir les gens, à trouver un petit mot pour chacun avant de les accompagner à leur table. À l'exception du maire et de son épouse, qui se sont montrés à peine polis, tout le monde est agréable avec Romy. On lui demande beaucoup comment elle se sent au village, si elle a pris sa décision au sujet de la librairie. Elle est étonnée de constater que tout le monde parle de sa présence à Saint-Pélaire.

C'est sans grande surprise l'arrivée de Théo et Justin qui l'émeut le plus. Il y a une telle complicité entre ces deux-là. Elle a de plus en plus de mal à nier l'attachement qu'elle ressent pour eux. Théo est un petit garçon dont la présence est une vraie bouffée d'oxygène dans son quotidien. Elle se verrait aisément passer plus de temps avec lui. Quant à Justin, c'est d'autres sentiments plus forts, certains inavouables, qui se sont invités et semblent se tailler la part du lion dans son cœur et dans son corps.

Une fois tous les participants arrivés et installés, Romy rejoint le reste de l'équipe et se lance à corps perdu dans le service des entrées.

Jocelyne n'a pas lâché Romy des yeux de la soirée. C'est clairement une manière de lui mettre la pression, de lui signifier que de leur point de vue, à Alain et elle, Romy n'est pas la bienvenue. Cette dernière a fait tout son possible pour ne rien relever, se montrer aimable même à leur égard. Ce n'est pas évident, car l'épouse du maire n'arrête pas de la héler, de demander de l'eau, du pain, de signifier qu'on ne la sert pas assez vite.

Sentant la pression monter, Daphné conseille à Romy de prendre une pause.

— Je ne sais pas quelle mouche a piqué Jocelyne, elle est tout bonnement odieuse avec toi. On va changer de rang. Je prends en charge de celui-ci. Sors faire un tour quelques instants, ou file te rafraîchir aux W.-C. Et quand tu reviens, ignore-la. Je m'occupe d'elle.

Romy remercie la providence d'avoir quelqu'un d'aussi clairvoyant que Daphné pour chapeauter l'événement. Elle choisit l'option W.-C. car sa vessie ne cesse de la rappeler à l'ordre depuis le début du service.

Quand elle ressort de la cabine et se dirige vers les lavabos, en respirant profondément pour finir de se calmer, elle tombe nez à nez avec Jocelyne, qui n'est sans doute pas là par hasard.

— Ma mère serait horrifiée de savoir que je parle ainsi à une femme de son âge, mais elle n'est pas là... C'est quoi, à la fin, votre problème avec moi ? demande Romy irritée.

— Je suis certaine que vous cachez quelque chose. J'ignore encore quoi, mais je ne vais pas tarder à le savoir. Et là, je suis certaine que ce sera terrible.

— Vous savez quoi ? Je vais vous faire gagner du temps. Je ne suis pas là pour acheter la librairie. La vérité, c'est qu'Alain est mon père. Donc voilà, ça n'a pas tardé et, ouais, c'est terrible.

En face d'elle, son interlocutrice a perdu de sa superbe et ne sait plus quoi dire. Romy essaie d'ignorer Jocelyne. Elle se lave énergiquement les mains, et quand elle prend une feuille d'essuie-tout, elle se retourne, regarde l'autre femme droit dans les yeux et lui délivre une dernière estocade :

— Et vous voulez que j'en rajoute une couche ? Il ignore tout de mon existence. Débrouillez-vous avec ça, maintenant !

Et, d'un pas décidé, elle quitte les toilettes pour retourner en salle.

Ce n'était évidemment pas la meilleure manière d'annoncer la chose. Ni le meilleur timing, mais Romy n'en pouvait plus de porter le poids de son mensonge, auquel Jocelyne venait ajouter son insupportable pression. Et en balançant ça, maintenant, elle espère que l'épouse du maire ne va pas continuer à fouiller sa vie privée. En revanche, elle ignore quelles seront les répercussions de cet aveu brutal.

En attendant, elle se reconcentre sur son service : elle vient d'éviter de justesse un danseur alors qu'elle a les mains remplies des assiettes à débarrasser.

Une fois les délicieuses bûches pâtissières de Marcel englouties, certains sont restés déguster le lait de poule au spéculos de Gino, et d'autres ont commencé à partir. De nombreux commerçants seront sur le pont le lendemain matin. La période est aussi fatigante qu'excitante, alors il ne faut pas négliger le repos.

Toute l'équipe de Daphné et Gary a commencé discrètement à ranger et à nettoyer ce qui pouvait l'être.

Romy trouve Justin en pleine dégustation de boisson chaude avec son fils. Ils ont tous les deux de jolies moustaches de lait au spéculos et la jeune femme sent son cœur fondre devant cette scène de tendre complicité père-fils.

— Ça va, les garçons ? Pas trop fatigués ?

— Moi, je suis en pleine forme, répond Théo. Je finis ma boisson et je vais encore danser.

— Je vais vous donner un coup de main pour avancer le rangement, comme ça, vous irez plus vite. Et si tu veux, on t'attend pour rentrer, propose Justin.

— Si Théo tient le coup, ça me va.

— Ne t'inquiète pas. Il a pas école demain, et s'il s'endort, je le porterai.

Une bonne heure plus tard, tous les convives sont partis et Théo, lui, s'est endormi sur un petit canapé.

Daphné remercie tous ceux qui ont assuré le service et leur annonce qu'ils peuvent rentrer chez eux. Gary et elle ont fait appel à une société de nettoyage pour la dernière ligne droite de remise en état de la salle.

Chapitre 42

Samedi 16 décembre

Sur la route du retour, leurs doigts se sont frôlés à plusieurs reprises.

Justin portait sur son épaule son petit garçon assoupi. Justin n'a eu d'yeux que pour Romy ce soir, il l'a trouvée belle, c'est vrai, et aussi tellement lumineuse. Il ignore pourquoi, mais à ce moment précis, plus qu'à aucun autre depuis leur rencontre, il a envie de la serrer contre lui. Il étouffe littéralement de ne pas pouvoir le faire.

Ils arrivent devant la librairie, Justin tend les clés à Romy.

— Tu peux ouvrir pour moi, s'il te plaît ? Je vais essayer de le coucher sans le réveiller.

Le contact de leurs doigts, le cœur qui bat plus vite, la chaleur qui s'insinue partout.

Romy ouvre délicatement la porte, soucieuse de faire le moins de bruit possible. Elle le laisse passer devant, avec l'enfant. Ils montent les marches, à pas feutrés. Justin disparaît avec le petit, dans la chambre de ce dernier, lâchant un « bonne nuit » dans un souffle.

Romy entre dans sa propre chambre. La soirée a été intense. Elle n'en revient toujours pas. Elle enlève son manteau, retire ses chaussures. Si elle s'écoutait, elle pourrait s'écrouler tout habillée sur son lit. Elle prend son courage à deux mains, retire la totalité de ses vêtements et s'enroule dans une large serviette de bain. Elle a entendu plusieurs portes se fermer, Justin doit avoir regagné son lit.

Elle se dirige discrètement vers la salle de bains dans laquelle elle s'engouffre avec précaution. La lune brille si fort que la pièce est assez éclairée pour qu'elle n'ait pas besoin d'allumer. Elle trouve l'idée de se doucher à la lueur de la lune terriblement romantique. Elle ôte sa serviette, tire le rideau de douche et s'aperçoit qu'elle n'est pas la seule à avoir eu cette brillante idée.

Ils sont face à face. Nus tous les deux. Et pourtant, il ne vient à l'idée d'aucun d'entre eux de chercher à se dissimuler.

— Qu'est-ce que t'es beau, dit-elle avec la plus grande simplicité.

— T'es pas mal non plus, répond-il avec une infinie tendresse dans la voix.

Il lui tend la main, qu'elle saisit. C'est une invitation à le rejoindre sous la douche. Elle n'hésite pas un instant et se rapproche de lui, sans aucune retenue. Leurs corps se frôlent, leurs souffles se mêlent, leurs bouches se trouvent. Leurs lèvres et leurs langues se lancent dans un ballet affamé. Il arrête un instant leurs baisers et demande :

— Je peux te toucher ? Partout…

Un gémissement et un « oui… » s'échappent de la gorge de Romy. Les mains de Justin caressent son cou, s'attardent sur ses épaules. Il effleure aussi ses bras, puis son ventre. Il hésite encore à se montrer plus entreprenant. C'est elle qui saisit les mains de l'homme. Elle les pose sur ses seins d'abord, puis sur ses fesses. Et elle lui chuchote dans l'oreille :

— Il me semble que tu as dit « partout ».

Et, là, il s'autorise à explorer chaque centimètre carré du corps de celle qu'il désire si ardemment depuis des jours.

Chapitre 43

Dimanche 17 décembre

L'aube hésite encore que Romy s'étire déjà dans son lit. Ils ont décidé qu'il valait mieux que Justin regagne sa propre chambre après le moment qu'ils ont partagé. Hors de question que Théo puisse s'apercevoir de quoi que ce soit.

Malgré ce mélange d'ardeur et de tendresse, elle ignore ce que cette subite intimité signifie. Peut-être rien. Sans doute juste l'union de deux êtres cabossés qui avaient besoin de réconfort, qui avaient besoin de se sentir vivants, même pour une unique nuit.

Elle qui pensait ne plus jamais pouvoir s'épanouir entre les bras d'un homme, a vu tous ses verrous sauter, toutes ses inhibitions disparaître. Elle s'est sentie femme, le désir a inondé son corps et son âme. Et même si cette nuit s'avérait être une histoire sans lendemain, elle lui aura au moins permis de passer à autre chose. Désormais, son dernier souvenir sera celui de la tendresse de Justin, et non plus la brutalité de l'autre, dont elle décide de ne plus prononcer le nom.

Romy arbore un large sourire. C'était une nuit parfaite et voilà tout. Pas question de surinvestir l'événement, elle n'est pas amoureuse non plus.

Enfin, elle veut s'en persuader.

C'est à ce moment qu'elle entend de petits coups qui proviennent du bas. Quelqu'un frappe à la vitrine. Légèrement d'abord, puis avec un peu plus d'insistance. Romy regarde son téléphone, il est bien trop tôt pour que ce soient déjà des clients impatients.

Elle tend l'oreille : pas un bruit dans le logement. Vu le peu d'heures de sommeil qu'il leur est resté, Justin doit dormir profondément.

La personne en bas frappe plus fort.

Soudain, alors qu'elle s'apprêtait à se lever, elle perçoit une cavalcade de petits pas dans l'escalier. Aucun doute possible sur l'identité du visiteur : Théo dévale les marches pour assouvir sa curiosité. Doit-elle le suivre ou Justin va-t-il enfin émerger de son propre sommeil et descendre ?

Elle n'a pas le temps de s'interroger davantage qu'elle entend le petit garçon crier :

— Papa ! Papa ! Viens vite ! Maman est là !

Chapitre 44

Dimanche 17 décembre

En effet, elle se tient là, devant lui. Justin ne sait pas quoi ressentir, quoi exprimer. Devant Théo, il se retiendra, néanmoins. Rester le plus neutre possible, pour ne pas gâcher le bonheur de son enfant. Et pourtant, il trouve que c'est trop facile de se pointer ainsi la gueule enfarinée après une telle absence. Il a tellement dit « la mère de Théo nous a quittés » que ceux qui ne les connaissaient pas l'avaient pensée morte. Au point que lui aussi, presque. Parce que selon lui, à partir du moment où elle les avait abandonnés, c'est comme si elle l'était. Alors, il n'avait pas démenti.

Il l'a invitée à entrer et à monter dans leur appartement.

Il ne sait pas s'il est content de la voir revenir. Il ne sait pas s'il doit se réjouir ou s'inquiéter pour son petit garçon. Si elle partait à nouveau, elle le briserait complètement, cette fois. On peut expliquer un premier départ, mais un second… Théo pourrait penser qu'il n'est vraiment pas assez bien pour cette mère venue vérifier s'il est à la hauteur, et qui le laisse une deuxième fois.

Juste avant Noël en plus, super timing, Marie. Bravo !

Lui, il s'en fout, il peut gérer. Elle n'est sans doute pas revenue pour lui. Il ne sait même pas s'il voudrait qu'elle le soit.

Déjà, avant, c'était le bordel. Mais depuis cette nuit contre Romy…

Punaise, où est Romy, d'ailleurs ?

Là clairement, ça fait trop d'informations à traiter. Tout se fracasse dans son crâne.

Alors il regarde l'enfant et la mère se câliner, et lui, il fait ce qu'il fait le mieux… Il se sert un café et descend s'occuper dans la librairie.

En général, il y a du monde le dimanche matin, et la livraison de la presse ne devrait plus tarder. Voilà qui devrait l'empêcher de penser. C'est déjà ça de gagné, car réfléchir, là tout de suite, ça pourrait le tuer. Et il exagère à peine.

Satanée vie qui s'amuse à lui servir toutes les étapes d'une mauvaise comédie romantique. Au moment où il pense que ça ne peut pas être pire – il a couché avec une fille qu'il adore, mais avec laquelle il y a déjà trop d'embûches à surmonter – son ex resurgit de nulle part. Cette ex autour de laquelle il a laissé planer le mystère le plus épais possible. Une ex pour laquelle il ignore ce qu'il ressent encore. Une ex dont l'arrivée a littéralement fait disparaître celle avec qui c'était déjà compliqué…

Heureusement la présence des clients va l'empêcher de ruminer en boucle.

— Oui, monsieur Martin, j'ai reçu le journal d'aujourd'hui, j'ai juste pas encore ouvert le paquet. Je vais vous en chercher un.

Il est en mode automatique. On lui demanderait le journal du lendemain qu'il serait capable de le chercher.

D'ailleurs, ça l'arrangerait bien de savoir de quoi demain sera fait. Comment réussir à gérer tous ces rebondissements ?

— Le voilà, tout beau, tout chaud !

La tête que fait son client

— La vache ! Justin, vous faites la Une ! Avec la p'tite influenceuse, là !

En effet, en première page, une photo qui doit être une capture d'écran de leur live. Et un titre : « La cagnotte qui pourrait bien sauver la librairie de Saint-Pélaire ».

OK, il a été à l'ouest ces dernières heures, mais tout de même, il n'a rien vu venir… il hésite un moment, regarde, incrédule, M. Martin.

— Vous m'excusez une minute, je dois vérifier quelque chose sur mon téléphone.

Il sort l'appareil de sa poche, constate qu'il est encore noyé de notifications. Mais entre les nouveaux abonnés sur le compte de la librairie et tous les messages de soutien reçus, il est submergé et n'a pas réussi à prendre le temps de tout ouvrir, et encore moins de répondre.

Il pare au plus pressé et clique sur le lien qui mène à la cagnotte. Le montant qu'il y découvre lui fait pousser un léger cri à mi-chemin entre la joie et les prémisses de l'évanouissement.

Chapitre 45

Dimanche 17 décembre

Romy s'est éclipsée le plus discrètement possible, sous le choc. Elle avait compris que la mère de Théo était décédée. Certes, elle n'avait jamais demandé de manière plus explicite ce que pouvaient signifier « elle nous a quittés », « elle est partie » ou même « elle a disparu ». Elle ne peut même pas en vouloir à Justin, il n'a jamais évoqué la mort. Elle a interprété ça comme un euphémisme. L'a-t-elle fait délibérément ? En tout cas, son inconscient a fait ce choix sans hésitation.

Elle est restée cloitrée dans sa chambre, le temps que la voie soit libre. Puis, une nouvelle fois, elle a empaqueté ses affaires, pour sortir sans être vue de la maison.

Maintenant, la voilà assise sur la place, sur une margelle qui entoure la fontaine, à se demander si elle ne ferait pas mieux de rentrer chez sa mère, de tirer un trait sur toute cette histoire. D'autant que depuis qu'elle a tout balancé à Jocelyne, elle n'a rien eu de neuf de ce côté-là non plus.

Cette dernière va-t-elle étouffer l'affaire ? Romy doit-elle mettre les pieds dans le plat avec Alain, à présent ?

Elle se sent seule et misérable, et se met à pleurer doucement, sans même trouver la force de s'essuyer les yeux.

— Ben qu'est-ce que tu fais là ? lui demande une voix douce.

— Alors, on rentre au bercail au petit matin ?

— Non, répond Lilou, j'avais envie d'un pain au chocolat, alors j'ai pris mon courage à deux mains, et j'ai bravé le froid pour aller à la boulangerie.

C'est à ce moment-là que Romy s'aperçoit qu'elle est frigorifiée.

— Tu fais quoi, à peine couverte, seule sur la place ?

Romy lui raconte la fin de soirée – en omettant l'altercation avec Jocelyne –, le retour chez Justin – en faisant l'impasse sur leur rapprochement – et l'arrivée inattendue de la mère de Théo.

— Le choc ! Je pensais qu'il était orphelin ce loulou, moi. En revanche, ça m'explique pas ce que tu fais en pleine rue, les yeux noyés et sans manteau.

Romy rougit et ne répond rien. Elle renifle un grand coup, mais cherche un pull dans son sac.

— J'ai dû laisser ma veste chez Justin.

Un léger silence s'est installé. Lilou s'est assise à son tour. Romy balance ses pieds d'avant en arrière, espérant retenir un nouvel assaut de larmes.

— Putain, j'y suis ! T'as couché avec Justin ! s'exclame Lilou, en lui tendant un mouchoir.

— C'est un peu plus complexe que ça, mais… ouais… marmonne-t-elle.

— T'es amoureuse ?

— Ouais… non… je sais pas, en réalité. C'est peut-être un peu prématuré de parler de sentiments amoureux, tu crois pas ?

Lilou dodeline de la tête et marmonne à son tour :

— Ouais, ça dépend… t'as raison, c'est sans doute un peu plus complexe que ça en a l'air.

— En tout cas, j'ai un problème urgent à régler. Je sais pas où dormir cette nuit… je me vois pas loger là-bas ce soir. Si la mère de Théo reste, je pense qu'ils n'auront pas besoin d'une intruse dans les pattes.

— Les parents de Romain sont pas là ce soir : je peux te laisser ma chambre au gîte.

— D'ailleurs, j'ai pas compris pourquoi Romain n'y dort pas avec toi…

— Il a pas envie qu'on se fasse griller par Gary et Daphné : il tient à sa vie privée.

Romy ne trouve pas forcément cette excuse convaincante, mais elle est soulagée d'avoir une solution de repli.

Elle va de ce pas aller déposer son sac à la chambre d'hôte. Elle y passera la nuit et se décidera demain.

— Je vais aller chercher des viennoiseries. Tu veux bien nous préparer un café en m'attendant ? propose Lilou. Je te laisse expliquer la situation à Daphné et Gary.

Vu la moue incrédule de Romy, elle ajoute :

— Pour le fait que je te laisse ma chambre… pas pour Justin. Allez, file, tu vas geler sur place. J'arrive.

— Merci, Lilou, vraiment.

Chapitre 46

Lundi 18 décembre

Comme chaque lundi, c'est journée off à la librairie. Justin avait hésité à ouvrir exceptionnellement pour faciliter les achats de Noël de tout le monde. Finalement, entre la nuit avec Romy et le retour inopiné de Marie, il se félicite de sa décision de rester fermé.

Cette dernière a passé la journée avec eux. Et s'ils ont tous les deux joué leur rôle de parent parfait pour Théo, il n'en demeure pas moins que Justin a toujours de la rancœur envers elle. Il ne sait pas ce que Marie attend de lui, si elle compte reprendre leur histoire, revendiquer la garde de Théo. De son côté, il n'a rien entrepris tout le temps de l'absence de cette femme qu'il a tant aimée. Il ne voulait pas rendre les choses plus compliquées, selon lui. Au début, il espérait sans doute une crise passagère, une envie de respirer. Il aurait compris. Toutes les femmes ne se sentent pas épanouies dans leur maternité, même si elles aiment leur enfant. Et il lui était très vite apparu que Marie étouffait dans leur famille, dans leur quotidien.

Il se leurrait, s'aveuglait, espérant que c'était simplement le temps de s'acclimater, de retrouver une place, un équilibre. Mais elle avait choisi de filer, de presque disparaître, depuis quatre ans déjà. Donnant quelques nouvelles au départ, puis plus du tout. Allant même jusqu'à changer de numéro de téléphone pour ne plus être jointe.

Malgré cela, il avait préféré ne pas déclencher de formalités pour la garde exclusive de Théo, pour ne pas empêcher Marie de revenir en arrière, pour ne rien rendre irréversible. Cette clémence, aujourd'hui, alors qu'il est passé à autre chose, risque de lui coûter cher. Sa mobilité. Et surtout la vie au quotidien avec son enfant. S'il ne lui passe même pas par la tête d'être un obstacle entre son fils et sa mère, il espère qu'elle ne prétendra pas dicter toutes les règles du jeu, après avoir déserté des années.

Cette nuit-là, Théo a dormi avec sa mère, dans la chambre d'amis de nouveau libre, et aucun des deux ne semble encore réveillé. Justin a voulu aller à la boulangerie leur chercher des croissants, puis s'est souvenu que le lundi, c'est jour off pour la plupart des commerces de Saint-Pé. Alors, il va se plier à leur rituel : les crêpes.

Sans doute alléché par l'odeur, son petit garçon émerge, le visage encore chiffonné et les cheveux ébouriffés.

— Coucou papa ! Ça sent bon les crêpes, ici ! Tu as bien dormi ?

Justin lui dirait bien que c'est le bordel dans sa tête, mais ce n'est évidemment pas à un petit garçon de recueillir ses confidences. Alors il élude :

— J'avais le choix entre dormir un peu et faire des crêpes. Je me suis dit qu'un petit garçon de ma connaissance serait content de trouver son petit dej' préféré au réveil.

— Tu as toujours les bonnes idées, mon papa chéri. On laisse maman faire dodo ou on la réveille ?

— Je pense qu'on devrait la laisser se reposer. Crêpe au sucre ou au chocolat pour commencer ?

— Chocolat, lance le garçonnet sans hésiter un instant.

Justin en dépose une sur une assiette, devant Théo. Et il étale minutieusement le chocolat sous les yeux gourmands de son fils.

— Dis, tu crois que maman, elle nous aime toujours ?

— Ce qui est certain, mon chat, c'est que ta maman t'aime.

— Tu crois qu'elle veut plus être ton amoureuse ? Qu'elle va pas revenir habiter avec nous ?

Justin s'est d'abord étonné qu'il ne pose pas la question directement à sa mère. Mais en réalité, le petit garçon ne la connaît pas.

Il faut un talent d'équilibriste pour répondre à ce genre de questions alors qu'on donne déjà toute son énergie pour ne rien laisser fuiter de son ressentiment, qu'on essaie de faire la part des choses entre son cœur de conjoint et son cœur de parent.

— Je sais pas, chéri, c'est compliqué. Je pense qu'on va voir venir jour après jour. Que penses-tu déjà de lui proposer de fêter Noël tous ensemble ?

— Ce serait la meilleure nouvelle de toute ma vie !

Quand Justin voit entrer Marie dans leur cuisine, son cœur se serre. Il a longtemps rêvé de cette scène et pourtant, aujourd'hui, elle lui semble complètement fausse. Ce matin, s'il est heureux pour Théo, c'est à la compagnie de Romy que son cœur d'homme aspire. Il trouve étrange la manière dont la présence de cette étrangère est devenue petit à petit comme une évidence.

Il lui écrira tout à l'heure pour lui dire que le retour de Marie ne change rien à sa vie, qu'il n'est plus amoureux de la mère de son enfant, qu'il a envie de savoir ce qui peut se construire entre Romy et lui. Même si tout va être compliqué, non seulement en termes de réorganisation autour de Théo, mais aussi pour la librairie. Cependant, il a pu constater tout à l'heure encore que le montant de la cagnotte ne cesse de monter. Et si cette aubaine leur permettait d'envisager de la faire fonctionner ensemble… après tout, rien n'est impossible à ceux qui tentent.

— Je peux avoir des crêpes moi aussi ? l'interrompt la voix de Marie.

— Tu as toujours eu tout ce que tu désirais, non ? ne peut-il s'empêcher de dire.

Quand il la regarde, il sait au fond de lui que s'il a des raisons de lui en vouloir, rien n'a sans doute été simple pour elle non plus. D'une autre manière, certes, mais il est persuadé qu'elle aussi a dû sacrifier des choses. Choisir, c'est renoncer.

Elle ne répond rien de plus, elle sait ce qu'elle a fait, elle en porte le poids. Et si elle est là, c'est qu'elle est prête à assumer ses responsabilités.

— Merci, Justin.

— Ce ne sont que des crêpes, répond-il, mal à l'aise.

— Merci de m'avoir ouvert la porte, de me laisser retrouver mon p'tit trognon de pomme. Je ne suis pas certaine de le mériter, mais je savoure.

Théo regarde alternativement ses deux parents. S'il prend conscience peu à peu qu'ils ne seront sans doute plus des amoureux, il sent au fond de lui qu'ils seront capables de continuer à s'aimer comme une famille. Tous les trois.

Sans doute est-ce ça, la magie de Noël.

Chapitre 47

Lundi 18 décembre

De leur côté, les filles ont projeté une tout autre journée.

Comme Romain est sur le pont depuis tôt le matin, Lilou a proposé à Romy de l'accompagner dans sa tournée de trois librairies de la région.

— Au contraire de celle de Justin, elles sont toutes les trois ouvertes le lundi pour les achats de Noël. On va pouvoir se régaler !

Après avoir rejoint Cannes en covoiturage, – Romy préférant s'éviter le risque de vomir dans le bus – elles ont décidé de continuer en train. Elles sont parties bien emmitouflées, car le temps était frais à Saint-Pélaire. Mais sur la côte, elles pourraient presque ôter leurs manteaux.

Lilou scrolle sur son téléphone, tandis que Romy ne perd pas une miette de la vue qui s'offre à elle.

— Je ne sais pas comment tu fais pour être fixée sur ton écran alors que la magie du monde se déroule sous nos yeux, déclare cette dernière, très étonnée.

Lilou hausse les épaules, amusée. L'argument semble avoir fait mouche, car elle glisse son appareil dans la poche de sa veste.

— Je voulais profiter du trajet pour me mettre à jour dans mes notifs et mes mails, mais tu as raison. Je serais con de rater cette vue incroyable.

Elles se plongent toutes les deux dans la contemplation d'une mer bleue à perte de vue.

— Tu as bien dormi ? demande Lilou.

— Disons que j'ai de la chance d'avoir croisé une âme charitable grâce à laquelle je n'ai pas couché dehors. Rien que ça, c'était le bonheur.

— Ouais, mais niveau sommeil ?

— Franchement, j'ai beaucoup rêvé et ça n'avait ni queue ni tête. Du coup, je me sens pas hyper-reposée. Je te demande pas si de ton côté, t'as beaucoup dormi ? ajoute-t-elle avec un clin d'œil complice.

Lilou pouffe et la remercie de ne pas demander.

— Des nouvelles de Justin ?

— Aucune, bon, j'en attendais pas non plus.

À la moue de désapprobation qu'affiche Lilou, il est évident qu'elle n'y croit pas une seconde. Alors, elle ajoute :

— D'accord, OK, j'aurais bien aimé un petit message. Même si je sais qu'avec son ex qui a débarqué…

— « Surtout » avec son ex qui a débarqué, tu veux dire… corrige l'influenceuse.

Le train ralentit et Lilou se lève comme un diable sortirait de sa boîte.

— On descend là. Go, go, go !

Le premier arrêt se fait dans la ville de Cagnes-sur-Mer. Lilou a découvert La Pléiade grâce à une émission littéraire à la télévision, qui met chaque semaine des librairies en avant. Depuis, elle suit le compte sur les réseaux. Elle aime l'enthousiasme des deux associées dont les goûts sont complémentaires. Elles ont donné une vraie vivacité littéraire à la ville, notamment grâce à leurs invitations régulières d'auteurs de tous horizons et aux soirées littéraires qui les accompagnent

Lilou a échangé quelques fois par messagerie avec celle des deux qui gère les réseaux sociaux et avait promis d'y faire un saut, même rapide, le jour où elle viendrait dans la région.

Après avoir un peu déambulé dans la ville, plutôt calme un lundi, car c'est le jour de trêve de nombreux commerçants, elles arrivent devant la librairie. Des présentoirs de cartes sur le trottoir annoncent dès l'extérieur un endroit gai et chaleureux. C'est un bel espace avec les livres pour la jeunesse et la BD sur la gauche, la part belle réservée à la littérature sur le palier principal, et toute la non-fiction et le scolaire au sous-sol.

— Oh là, là, tu as vu ce mur entier pour les « livres qui font du bien » ? couine littéralement Romy. Je pense que j'ai bien mérité d'aller y dénicher une ou deux pépites.

Pendant que Romy s'immerge au rayon des « romans-pansements », Lilou se présente aux deux libraires, Aurélie et Virginie, qui sont déjà toutes les deux prêtes à aider leurs clients à trouver des trésors à offrir ou à s'offrir. Magie des réseaux oblige, elles se lancent dans une discussion à bâtons rompus sur les livres, et en profitent pour tourner une petite vidéo pour présenter leur librairie, et aussi pour appeler à participer à la cagnotte, qui ne cesse d'enfler.

C'est à ce moment que Romy revient avec deux romans en poche, dont les couvertures sont à elles seules une invitation au bonheur.

— Bon choix, valide Virginie. Entre deux thrillers, j'adore me plonger dans les livres de cette maison d'édition. Je peux les recommander les yeux fermés à ceux qui cherchent à se remonter le moral.

Aurélie, intéressée par le parcours de Romy, enchaîne et lui pose plein de questions, notamment sur son plan de financement. Mais cette dernière s'embrouille, fournit des réponses approximatives, alors même que la curiosité d'Aurélie avait pour objectif de lui prodiguer de bons conseils et non de la déstabiliser.

Romy remercie sa chance que des clients arrivent à ce moment précis et posent à Aurélie des questions très précises sur les dernières publications d'une maison indépendante qu'elle défend avec ferveur depuis sa création.

Romy et Lilou saluent les deux associées, qu'elles remercient de leur accueil, et décident d'aller reprendre le train jusqu'à la ville suivante.

Elles ne sont pas dans leur rame depuis cinq minutes que Lilou reçoit un message d'Aurélie : « Si cette nana réussit à tenir une librairie, je mange mon chapeau. » Le pressentiment que Lilou entretient à l'égard de Romy depuis leur rencontre n'en est que plus fort. Elle se sent partagée entre les affinités qu'elles ont pu développer et cette part de mystère et de mensonge qui flotte autour de sa nouvelle amie.

Le trajet est très court puisqu'elles s'arrêtent à la gare de Saint-Laurent-du-Var. Le quartier est en chantier, car il se prépare pour accueillir prochainement le tramway, tant attendu par une partie des riverains. Après avoir emprunté une passerelle peu avenante qui leur permet de traverser la nationale, les deux comparses arrivent à Cap 3000, le plus grand centre commercial de la région.

Il y a peu, une énorme librairie y a ouvert et on dit que l'énergie qui s'en dégage est folle. Entre libraires aguerris et jeunes qui se lancent, La Librairie du Cap a déjà de nombreux adeptes.

— Et si on rechargeait nos batteries avant de vider nos comptes bancaires ? propose Lilou.

Les deux jeunes femmes profitent de la douceur de la côte. La différence de température entre le bord de mer et l'arrière-pays est frappante. Même si une telle clémence du climat est inquiétante, elles ne peuvent qu'apprécier de manger sur une des nombreuses terrasses avec vue sur la mer que compte le centre commercial.

Une fois installées et leur commande passée, Romy laisse Lilou quelques minutes pour se rendre aux W.-C. Cette dernière constate que Romy n'a pas emporté son téléphone, et l'a même laissé écran vers le haut. Elle est plutôt respectueuse de l'intimité d'autrui, mais elle donnerait cher pour fouiller dans l'appareil et tenter de percer le mystère qui, selon, elle entoure Romy. Elle n'a pas besoin de le souhaiter très fort, l'écran s'allume et affiche un SMS :

Maman : Bon, alors, ton père, il est encore à Saint-Pé ou pas ?

Romy arrive sur ces entrefaites, récupère son téléphone et le retourne. Ni l'une ni l'autre n'en parle ni ne sait ce que l'autre a vu. Le serveur arrive avec les plats, lance quelques phrases toutes faites et leur demande si elles désirent du pain ou des condiments.

Ensuite, le sujet n'est pas remis sur le tapis. Aucune n'a vraiment envie de gâcher la vue sur la plage, la mer et le ciel bleu à perte de vue.

Mais le ver est définitivement dans le fruit.

La visite à la librairie a été un moment délicieux. Romy a acheté un roman graphique engagé et Lilou le polar d'un auteur régional.

C'est un endroit très épuré. On trouve les nouveautés à l'entrée. L'espace central est occupé par des îlots proposant chacun des styles différents. Et les murs sont des bibliothèques proposant des livres à perte de vue.

Elles ont été escortées par Sonia, une des libraires en charge de la littérature, et présentées à l'équipe dont Méline, une des gérantes et Laurent, le spécialiste du polar. Ce dernier aurait pu vendre tout son rayon à Lilou si elle ne s'était pas sentie limitée par le poids des livres à embarquer et à stocker chez ses parents où elle habite toujours.

C'est encore une autre formule de librairie, notamment en regard de l'implantation en centre commercial qui permet une ouverture tous les jours. Il y a un passage important et continu, de lecteurs de tous types. De plus, ils organisent régulièrement des événements et des signatures que l'action de Claire, leur community manager, permet de relayer. C'est d'ailleurs une des librairies chouchous de la bande des lectrices du 06 qui vont venir faire leur book club chez Justin jeudi soir.

Lilou est fan de l'émulation livresque qui existe dans ce département. Les influenceuses parisiennes n'ont qu'à bien se tenir.

La jeune femme est en live sur son compte Instagram et cette fois encore, malgré le milieu de journée, du monde est connecté.

— C'est important, dit-elle à sa communauté, de soutenir les librairies. Comme vous pouvez le voir, elles sont toutes différentes et il y a en a au moins une dans laquelle vous vous sentirez bien. Il existe forcément un libraire quelque part qui sera votre meilleur allié et permettra de découvrir des livres qui vous feront au choix rire, rêver, frémir, vous engager. Ne laissez pas un algorithme vous dicter ce que vous allez lire, sentez-vous libre d'ouvrir toutes les portes possibles. Votre imaginaire n'a pas de limites.

Après avoir balayé avec beaucoup de soin, la multitude de rayons et d'étagères, toutes plus alléchantes les unes que les autres, elle revient vers une des employées :

— Sonia, toi qui travailles dans une librairie à la fois récente, mais qui fonctionne déjà très bien, quels conseils donnerais-tu soit à un nouveau libraire, soit à un libraire qui tente de sauver son commerce ?

— Alors, mon côté enthousiaste et rêveur dira de toujours croire en la littérature et en sa capacité à faire sortir les gens de leur zone de confort. Ensuite, je solliciterais la partie pragmatique, car on va pas se mentir, l'argent est le nerf de la guerre. Et de ce point de vue là, je dirais qu'il faut être en accord avec son temps et l'endroit où on est implanté. Fidéliser ceux qui viennent pour que jamais ils n'aient l'idée d'acheter en ligne, et appâter la nouvelle génération avec ce qu'Internet ne leur donnera jamais, comme les rencontres avec leurs auteurs préférés.

C'est l'heure pour les filles de filer, si elles veulent avoir le temps de visiter une librairie niçoise et de profiter de flâner dans les rues de la vieille ville.

La partie en train du trajet est encore très courte : seulement deux arrêts. Arrivées en gare de Nice-Ville, elles décident de faire le chemin restant à pied : l'avenue Jean-Médecin et son flot de boutiques, la lumineuse place Masséna, puis le boulevard Jean-Jaurès en longeant la Coulée Verte.

La librairie Jean Jaurès, sur le boulevard du même nom, est une institution à Nice. C'est une maison familiale qui se transmet depuis plusieurs générations déjà. Et la fille du précédent patron a insufflé un vent frais supplémentaire lors de la reprise. Ce jour-là, Romy et Lilou vont avoir droit à une visite guidée de la librairie grâce à l'adorable Magali qui connaît le lieu et le métier par cœur.

C'est un site tout en longueur avec des tables pour les nouveautés dans la première petite salle. De là, le lieu se prolonge en trois couloirs avec des étagères partout, de longues enfilades de livres : des poches, des grands formats, des livres pour les grands ados. Plus loin, une salle dédiée à la jeunesse ; à l'étage, des jeux. Cet endroit est un paradis pour les yeux et les lectrices du 06 y viennent aussi régulièrement pour des book clubs.

— Le métier de libraire demande d'être passionné, explique Magali. Chaque nouvelle journée apporte son lot de découvertes.

— Et ton p'tit truc à toi, c'est quoi ?

— Sans conteste, donner un coup de pouce aux auteurs pas encore connus du grand public en leur proposant de venir dédicacer chez nous.

Cette fois, Lilou ne fait pas de live, elle collecte des images pour faire un réel soit sur la librairie elle-même, soit sur son tour des librairies de la région ; elle n'a pas encore décidé. Les deux jeunes femmes y font également un achat : pas question d'aller en librairie sans repartir avec un livre, c'est le credo de Lilou.

Après cette troisième visite, elles sont toutes les deux ravies, mais fourbues. Romy rêve d'enlever ses chaussures et de se masser les pieds.

— Et si on se trouvait un spot pour boire et grignoter ?

Après quelques pas, elles dénichent un endroit très sympa. Un bar italien qui propose un buffet d'antipastis à ceux qui commandent des verres. Un brasero réchauffe délicatement la terrasse-véranda. Si ce n'étaient les décorations, on peinerait à croire que Noël approche à grands pas. Et pourtant, tout s'illumine en cette fin de journée, et les gens circulent tels des fourmis pressées, les bras chargés de cadeaux.

— Je suis contente de retrouver mes parents pour les fêtes. Et toi, tu rentres dans ta famille pour Noël ? demande Lilou à Romy.

— Je n'ai toujours pas tranché, répond cette dernière d'un ton qui trahit son égarement. Je pense que ma mère n'aimera pas que je lui fasse faux bond, et pourtant quelque chose me retient à Saint-Pélaire.

Romy hésite, elle n'en peut plus de mentir, de dissimuler. Tout et à tout le monde, en permanence.

— C'est sans doute l'effet petit village et douceur de vivre qui fait ça. Je t'avoue que j'ai bien envie de prolonger moi aussi, ou de revenir. D'autant que j'ai été contactée pour une collaboration grassement rémunérée, dans la région, confie Lilou.

Romy profite de l'information et renonce à aborder ce qui la tracasse.

— Mais c'est complètement fou, tout ça ! Qui sait… tu vas peut-être te poser dans la région, épouser un bûcheron et…

— Tu es dingue ! D'ailleurs, en parlant de romance, des nouvelles de Justin ?

Romy vérifie son téléphone. Toujours aucun signe. Elle prend sur elle, mais ça lui tord le ventre et le cœur. Elle aurait aimé ne pas être évincée aussi vite après avoir partagé une nuit d'une telle intensité. Enfin… pour elle…

Après tout, elle ignore dans quel état d'esprit cet homme est à son égard. Sans doute, était-ce une nuit de plaisir sans conséquence. Sans lendemain. Et cela, même si la mère de Théo n'avait pas refait surface dans un timing digne des pires telenovelas.

— On reprend un verre ?

— Ouais, j'en ai terriblement envie, répond l'influenceuse. Et puis c'est l'occasion de continuer à goûter tout ce que propose ce buffet incroyable !

Sans oublier que le serveur à l'accent italien leur donne l'impression d'être passé de l'autre côté de la frontière. Romy aurait pu tout oublier si elle n'avait pas reçu un SMS d'un numéro inconnu. Et elle ignore si c'est une bonne nouvelle.

Chapitre 48

Lundi 18 décembre

Le vent glacé à Saint-Pélaire n'a pas empêché Théo et ses parents de sortir se promener en forêt, après l'école. Tous trois emmitouflés, ils se promènent sur les petits chemins à l'écart du village. C'est l'occasion pour Justin de raconter à Marie leur quotidien, d'expliquer les raisons de son changement de métier et de son installation dans la région.

Théo file à toute allure sur le chemin. Il fait du vélo depuis peu, mais il a déjà un bon sens de l'équilibre. Il prend plaisir à rouler à toute blinde devant ses parents qui eux marchent d'un pas tranquille. Et quand il a suffisamment pris d'avance, il fait demi-tour et revient slalomer entre eux.

— Papa ! Maman ! Vous avez vu comme je pédale vite ? crie le petit garçon avant de se lancer dans une nouvelle ligne droite.

La configuration est parfaite pour permettre à Justin et Marie de se parler sans que Théo soit témoin de ce qu'il est trop jeune pour entendre.

Justin aurait préféré l'aborder avec elle pendant la journée, mais elle s'est absentée, prétextant des urgences à régler. Cette attitude ne le rassure pas, il a même imaginé qu'elle allait encore disparaître.

— Du coup, Marie, c'est quoi, la suite ?

— Je voudrais faire partie de vos vies… en tant que mère de Théo, précise-t-elle.

Justin secoue la tête, sans un mot. Il encourage Théo, qui vient de refaire une apparition entre eux, à repartir de plus belle.

— Je trouve que c'est une excellente idée. Théo a autant besoin de sa mère que de son père. En revanche, tu vois ça comment, logistiquement parlant ?

— Je sais pas trop, j'arrive déjà pas trop à comprendre où tu comptes vivre… ni avec qui…

Justin se gratte le crâne : lui non plus, il ne sait pas où il en est. La cagnotte ne cesse d'augmenter. Actuellement, le montant devrait lui permettre d'éponger ses dettes. Et c'est déjà une incroyable nouvelle. Mais rien ne dit que ce n'est pas reculer pour mieux sauter. En effet, si c'est pour repousser la catastrophe de seulement quelques mois, autant revendre. Il doit discuter avec Romy, impossible de faire l'impasse.

— Tu as raison, c'est plutôt flou pour moi. Quoi qu'il arrive, j'aimerais que Théo puisse finir son année scolaire à Saint-Pé.

— Il a l'air de se sentir comme un poisson dans l'eau dans ce village. Tu l'élèves à merveille, je ne sais même pas s'il a besoin de moi.

D'un doigt sur la bouche, Justin lui intime de ne pas dire un mot de plus, au moins le temps que le petit garçon s'approche avec son vélo. Dès que l'enfant s'éloigne de nouveau, Justin répond :

— Soyons clairs, Marie. Maintenant que tu es là, hors de question de fuir de nouveau. Même si je n'ai en effet besoin de personne pour assurer l'aspect matériel de l'éducation de notre enfant au quotidien, ce n'est pas en ces termes que la question se pose. Théo a besoin de ses deux parents, puisqu'ils sont en vie et en capacité de lui apporter leur amour. Je ne vois aucune bonne raison de l'en priver.

Il n'a pas haussé la voix : son ton ferme suffit à exprimer que s'il est prêt à ouvrir la porte, il montrera les dents en cas de besoin.

— Et si, au contraire, j'avais envie de partir l'élever dans une autre région ?

Justin frémit à ces paroles dont il attendait pourtant qu'elles soient prononcées à un moment ou à un autre.

— C'est simple, soit on trouve une manière amiable de gérer la situation, pour notre bien à tous les trois, soit tu décides de déclarer la guerre et personne n'en ressortira gagnant, toi encore moins que les autres, clôt-il, d'un ton devenu glacial.

C'est ce timing parfait que Théo choisit pour revenir vers eux. Il pose pied à terre, reprend son souffle et déclare sereinement :

— Pendant que je pédalais, j'ai réfléchi à notre repas de Noël à tous les trois.

— Chaton, je ne sais pas si ton papa est d'accord pour que…

— Bien sûr, Marie. On en avait déjà parlé, avec Théo. Il ne manquait que l'invitation officielle. Alors, si tu n'as rien prévu d'autre, nous serons heureux de passer les fêtes ensemble.

Marie accepte la proposition, sous les cris de joie de son fils.

— On pourrait aussi inviter Romy ! Je sais pas où elle est passée depuis l'autre jour où elle a dormi à la maison, ajoute le garçonnet avec candeur.

Chapitre 49
Lundi 18 décembre

De retour dans sa chambre, alors qu'elle est déjà aux portes du sommeil, Romy entend un petit bruit inhabituel. Sans doute des écureuils dans les arbres qui jouxtent sa fenêtre. Elle décide de ne pas en tenir compte et de se laisser emporter par Morphée, même si elle ne peut pas dire qu'il a toujours été fiable, lui non plus. Elle se retourne, s'enveloppant un peu plus encore dans la couette, profitant de sa douce chaleur.

Quelques secondes passent quand elle entend de nouveau un bruit similaire, un peu plus long et persistant. Ces écureuils ne pourraient-ils pas choisir un autre créneau horaire pour s'ébattre ? Dans leur arbre, certes, mais face à sa chambre tout de même. Impossible cependant de leur demander de respecter des heures décentes pour faire du tapage.

Si seulement, elle n'avait pas eu la flemme de fermer ses volets, elle ne les entendrait pas. Une paire de boules

Quies aurait parfaitement fait l'affaire également… mais elle n'en avait pas.

Romy met sa tête sous son oreiller, espérant que cela suffise. Pas question de se laisser gâcher la nuit par Alvin et les Chipmunks en pleine répétition de leur prochain concert.

Soudain, une sorte de rafale contre le carreau. Elle bondit hors de son lit, droite comme un I. Et si c'était une bête énorme qui avait réussi à se hisser jusqu'à sa fenêtre ? Une bête aux griffes acérées, prête à l'emporter et à la dévorer au fond des bois. Peut-être que si elle n'allume pas la lumière, la bête partira. Ou se dirigera vers une autre fenêtre… elle aime beaucoup Lilou, mais à choisir, elle est certaine que cette dernière aura plus de ressources pour se défendre.

Elle se sermonne devant tant de bêtise et d'imagination, mais elle tremble comme une feuille. Alors quand on frappe à sa porte, elle sursaute carrément. Ce n'est autre que Lilou, qui n'a donc été ni attaquée, ni dévorée par quiconque. Celle-ci n'a toutefois pas l'air fort commode.

— Eh Juliette, y a Roméo qui toque au balcon, depuis plusieurs minutes, là ! grogne-t-elle dans un demi-sommeil.

Comme Romy la regarde hébétée, elle ajoute :

— Ouais y a Justin dans la cour, qui te lance des cailloux pour te réveiller. Vous pouvez pas utiliser votre portable comme tout le monde ?

Elle tourne les talons et fait claquer la porte de sa chambre derrière elle, laissant une Romy littéralement éberluée.

Cette dernière fonce à sa fenêtre pour y découvrir que Justin est bien là, une autre poignée de graviers prête à être lancée à la main.

— M'enfin… tu t'es cru dans une série américaine pour ados ?

— Ça m'a rappelé la fois où tu lançais des graviers devant chez moi. Je trouvais ça drôle…

— J'imagine que maintenant, tu veux escalader la façade pour entrer ?

— À vrai dire, vu mon agilité à la corde quand j'étais au lycée, je pense qu'il vaut mieux éviter. Aucun de nous n'a envie de finir la nuit aux urgences…

— Tout dépend si je peux sympathiser avec les pompiers, le titille-t-elle.

Elle enfile un pull par-dessus son pyjama et descend lui ouvrir. Une fois face à face, ils ne savent pas trop s'il est de bon ton de s'embrasser. Dans le doute, Romy s'efface pour qu'il puisse entrer. Elle reverrouille délicatement la porte, lui intime le silence d'un geste et elle l'invite à le suivre.

Justin pénètre dans la chambre de la jeune femme. Son attitude traduit sans aucun doute sa gêne : il se tord les mains et ne sait pas trop comment se tenir.

Romy lui désigne un fauteuil dans l'angle de la chambre, dans lequel il s'assied, pendant qu'elle-même se pose en tailleur sur son lit.

— Tu as disparu, dimanche matin… amorce-t-il.

— Disons que je m'attendais pas à voir arriver la mère du petit… tes propos m'avaient fait croire que tu étais veuf. J'ai paniqué et je suis partie.

Il prend enfin le temps de lui expliquer toute l'histoire en détail. Elle l'écoute attentivement et ne peut pas s'empêcher d'être émue par la grande sensibilité avec laquelle il lui raconte ces quatre dernières années.

— J'avoue, j'ai toujours parlé d'elle comme si elle n'allait pas revenir. Je crois que c'est ce qui m'a sauvé. Je crevais de chagrin à l'idée de voir Théo grandir dans le sentiment d'une maman ne l'aimant pas assez pour l'élever. J'ai eu mal aussi que notre amour n'ait pas suffi à la faire rester. Sans doute était-il déjà plus fragile qu'on ne l'avait réalisé, moi en tout cas.

Ce n'est pas facile pour Romy de savoir ce qu'elle est en mesure de demander. Elle se lance tout de même :

— J'ai beaucoup réfléchi depuis que je suis partie. Je me suis d'abord demandé si son retour remettait en cause les choses entre nous.

Cette manière si intense qu'il a de la regarder la désarçonne un peu, mais elle veut tout dire.

— Ensuite, je me suis dit qu'il n'y avait pas eu grand-chose entre nous, finalement. Bien peu face à tout ce que tu as partagé avec elle… et que tu partages peut-être encore. Avant tout, je dois être tout à fait transparente avec toi, il en est de votre bonheur, à Théo et à toi.

Le plus difficile est encore à confesser. Romy ne peut plus, et ne veut plus, reculer. Elle se lève, tend les bras, prête à tout avouer. Or avant qu'elle n'ait eu le temps de prononcer un seul mot, il se lève également, interprétant sans doute mal ce qu'elle vient de faire. Il tend ses bras à son tour, et prend les mains de la jeune femme dans les siennes.

— J'ai très envie de t'embrasser, Romy. Chaque parcelle de mon corps me le réclame, même si ma tête m'envoie, pour une raison que je ne m'explique pas, tout un tas de signaux inverses.

Elle ouvre la bouche et au lieu de l'aveu qui ne peut plus attendre, ne sort qu'un gémissement. Elle sait au fond d'elle qu'elle prend la mauvaise décision, mais le démon sur son épaule lui souffle qu'il sera toujours temps de dire la vérité.

Alors, elle l'attire contre elle, et l'embrasse avec fougue.

Chapitre 50

Mardi 19 décembre

Ce matin, quand elle se réveille, voir le visage endormi de cet homme à ses côtés lui fait chaud au cœur. Jamais elle n'aurait imaginé trouver autant en venant ici.

Certes, tout est loin d'être en place, et il va lui falloir du courage pour dire la vérité à tout le monde, mais Romy ne voit pas pourquoi cela ne se terminerait pas aussi bien que dans une romance. Cette deuxième nuit passée ensemble, elle sait bien qu'elle n'est pas anodine. C'est son cœur qu'il a déposé à ses pieds à elle, Romy. Il n'est pas juste venu pour prendre ce qu'il avait à prendre. C'est fini ce type de relations, c'est derrière elle, elle le sait. Et d'ailleurs, elle ne permettra plus jamais à quiconque de ne pas la considérer comme la fille géniale qu'elle est.

Elle se rapproche doucement de lui, se love contre le corps de son amant comme si elle voulait récupérer un peu de sa chaleur. Elle le trouve si beau. Non seulement la nature l'a doté d'un physique agréable, mais c'est surtout la bonté qui émane de lui qui le rend aussi attirant, aussi solaire.

Elle en est là de ses réflexions quand il ouvre les yeux et que leurs regards se croisent. Des regards dans lesquels tout semble possible, dans lesquels tout affiche que le ciel sera bleu.

— Bonjour, toi, marmonne-t-il d'une voix légèrement pâteuse.

— Bonjour, toi, répond-elle.

— Je comprends pourquoi j'ai si bien dormi : un ange veillait sur moi.

Romy trouve terriblement désuète cette manière de parler, et pourtant elle adore.

— Ne te fie pas aux apparences, je suis peut-être un ange déchu, le taquine-t-elle.

— Je n'ai aucune inquiétude là-dessus. Depuis le premier jour, mon cœur t'a aimée avant même que je ne le sache. Il a vu en toi l'esprit pur et frais qui allait me tirer loin de tout ce qui a pu me blesser auparavant. Il m'a juste fallu un peu plus de temps qu'à lui pour le réaliser.

C'est à ce moment précis, alors qu'elle devrait fondre en écoutant toutes les belles choses qu'il lui dit, que la réalité lui revient en pleine face.

Elle ment. Depuis le début.

Et la vérité est sur le point d'éclater.

Leur début d'idylle sera-t-il assez solide pour affronter une si grosse tempête ?

Elle ouvre la bouche, cherchant la force de dire la vérité, quand il l'embrasse et affirme :

— Dernière ligne droite avant le 25 décembre ! Je décrète qu'aucun nuage n'a le droit de venir nous pourrir la magie de Noël !

Chapitre 51

Mardi 19 décembre

La journée à la librairie démarre sur les chapeaux de roues.

Afin de préparer un book club d'exception, Justin a commandé une sélection des dernières romances de Noël. Cette année, en plus, elles ont fleuri par bouquets dans les catalogues. Il adore ce genre, mais il se demande si certains éditeurs n'en font pas un peu trop avec le nombre vertigineux qu'ils produisent. D'autant que les couvertures, avec leur charte graphique très similaire, n'aident pas les auteurs à se démarquer les uns des autres. Et Justin doute que le porte-monnaie des lectrices soit suffisamment fourni pour permettre de toutes les acquérir.

Il déballe donc les cartons, sort chacun des précieux livres qu'il espère conseiller et vendre lors de la venue des lectrices du 06. Il y en a pour tous les goûts : il a pris le temps de sélectionner des romans avec des schémas variés. Lilou et lui ont épluché les comptes de plusieurs influenceuses de romance, et ils ont trié les titres par tropes pour lui permettre de réaliser sa sélection. Il aime encore plus les romances de Noël, car les relations y sont plus saines. Certes, il y a des rebondissements et des quiproquos en cascade, il peut y avoir des secrets et de la manipulation, mais cela reste des histoires douces et lumineuses, comme il aime en lire. Il sait que les lectrices se délectent de choses plus sombres, alors il en a également dans ses rayons. De son côté, il a eu son lot de toxicité dans la vie, et la seule chose qui le fasse fantasmer ce sont les relations équilibrées entre personnes pas torturées. *Sans doute mon côté vieux con, déjà*, se prend-il à penser.

Pendant qu'il installe les livres sur son îlot central, il observe Romy du coin de l'œil. Cela fait à peine deux semaines qu'elle est arrivée, et pourtant, c'est comme si elle avait toujours été là. Dans sa vie et dans la librairie. À la fois, il trouve ça génial et à la fois, il sait que ça coince. Plus les jours passent et moins il a envie de partir. La cagnotte continue de gonfler, et Lilou espère encore quelques rebonds entre l'esprit de Noël et le partage du book club sur les réseaux. En revanche, s'il commence à envisager de pouvoir sauver sa librairie, au moins à moyen terme, cela implique que Romy ne pourra pas l'acheter. Et il n'aura pas les moyens de lui proposer de travailler pour lui. De plus, est-il en droit de lui demander de devenir son employée, alors qu'elle est venue jusqu'ici dans l'objectif de devenir patronne de son entreprise ? Cette idée lui semble aussi saugrenue que sexiste.

Et pourtant Romy est tellement à l'aise dans la librairie. En très peu de temps, elle a si bien assimilé les goûts de chacun qu'elle conseille déjà aussi bien que lui, elle a compris le fonctionnement de bon nombre de choses comme les commandes, le réassort, la gestion du stock. Certes, elle a encore beaucoup à apprendre, mais personne ne maîtrise un métier aussi pointu en si peu de temps.

— Ne bougez pas, Mme Rondu, je sais où il se trouve, je vais vous le chercher.

Elle quitte la caisse, file tout droit vers une étagère dont elle ressort le fameux livre quelques secondes plus tard. Elle fait un petit crochet, passe derrière Justin et chuchote le plus discrètement possible :

— Je vois que tu me dévores des yeux…

Elle dépose l'ouvrage sur le comptoir, l'air de rien, et reprend sa conversation avec sa cliente.

Ils ne sont pas trop de deux aujourd'hui. C'est un jour de semaine, mais tout s'accélère : Noël n'est plus que dans quelques jours. Non seulement, les gens du village se sont donné le mot et viennent réaliser leurs achats-cadeaux, mais en plus entre les réseaux et la cagnotte, Des livres pour plaire a gagné en visibilité : ce sont donc les habitants des villages alentour qui découvrent la librairie. En temps normal, les communes du coin auraient dû jouer le jeu, en parlant de la librairie de Justin depuis son ouverture. Peut-être l'ont-elles fait, mais jusqu'à présent, les gens venaient peu des communes limitrophes. Aujourd'hui, on ne pourrait donc plus faire bouger les gens sans les réseaux ? Justin n'aurait jamais pensé que cette logique soit aussi opérante dans l'arrière-pays et les villages.

Lilou est d'ailleurs passée prendre quelques photos et micro-vidéos. Elle a relayé de manière efficace ces derniers jours, et le book club est complet. Seront présentes plusieurs influenceuses du 06 – dont Solène sans doute accompagnée de l'inénarrable Eddie – mais aussi des lectrices du coin, ravies de découvrir que la romance se lit partout en France, même là où on ne l'y attendrait pas.

Gino a concocté de quoi grignoter et boire en rapport avec les fêtes : le fameux lait de poule au spéculos est de la partie, et de jolis cupcakes décorés de sapins et de boules de Noël côtoieront les traditionnels sablés. Lilou a même préparé une playlist romantique à souhait.

Demain, Romy s'absentera du magasin pour aller raconter des histoires aux enfants, pour le goûter de la mairie. Elle utilise chaque petit creux dans ce défilé de clients pour sélectionner des contes. Justin l'a également vue griffonner sur un carnet.

Il craint d'être débordé au magasin, puisqu'il sera seul. Cependant, il espère que Romy parviendra à donner envie aux enfants et à leurs parents, de devenir des clients réguliers par la suite.

Pour la première fois depuis de longues semaines, Justin se sent confiant, en tous points.

S'il n'y avait pas tant de secrets prêts à exploser, la période serait parfaite.

Chapitre 52
Mercredi 20 décembre

En effet, cela fait des jours que Romy prépare ce moment, jusque tard le soir, avant de se coucher. Elle a emprunté quelques livres, lu des histoires sur Internet, afin de sélectionner celles qu'elle allait lire, Aujourd'hui, elle emporte avec elle un maximum de livres de contes, et tout le matériel pour faire des paquets cadeaux ainsi que le terminal de paiement. Le but est certes de divertir les enfants, en leur racontant de jolies histoires de Noël, mais si elle peut également vendre quelques livres, ce sera coup double.

Elle porte en elle le souvenir de la soirée de la veille, quand entrent Théo et Marie dans le hall de la mairie. Elle n'a pas le temps de se sentir gênée que le petit garçon se précipite vers elle, saute dans ses bras et lui applique un gros baiser sur la joue.

— Maman, maman, viens, je vais te présenter Romy ! Elle est super ! Peut-être qu'elle va reprendre la librairie de papa, mais je l'aime bien quand même.

Marie s'avance, souriante.

— Bonjour Romy, Théo m'a déjà beaucoup parlé de vous. Je suis ravie de vous rencontrer. Il n'aurait raté votre animation de contes pour rien au monde.

— C'est un amour de petit garçon. Je vais faire de mon mieux pour mettre des étoiles dans les yeux des enfants cet après-midi.

Romy ignore quelles répercussions aura l'arrivée de Marie dans cette équation à plusieurs inconnues, mais elle se réjouit du visage épanoui du petit Théo.

Elle aurait adoré, petite, se sentir aimée par deux parents, peu importe leur situation amoureuse. Grandir avec une absence avait souvent été compliqué. Bien que sa mère ait toujours fait de son mieux, donné pour deux – voire pour un bataillon parfois – Romy s'était parfois sentie bancale. Elle aurait juste aimé pouvoir dire « papa », raconter des choses que son père faisait. Même si elle arrivait aujourd'hui à créer un lien avec celui qui a contribué à lui donner la vie, elle est persuadée que quelque part au fond d'elle, elle gardera une trace de cette boiterie, même légère, jusqu'à la fin de ses jours.

Romy termine de tout installer pendant que la salle se remplit. On lui avait déjà annoncé la présence des enfants du centre de loisirs, donc elle savait qu'elle aurait du public. Les bénévoles de la petite bibliothèque de quartier sont là aussi. Arrivent également des enfants accompagnés de leurs parents. Cette animation est partie pour être un succès, elle va devoir se démener.

En plus, tout le monde a joué le jeu et a revêtu un pull de Noël.

L'an prochain, j'organiserai un concours, se prend-elle à penser avant de réaliser qu'elle ignore où elle sera l'année suivante.

Le maire apparaît dans le hall. Soit il ignore délibérément Romy, soit il est beaucoup trop occupé à serrer des mains, et à saluer des gens pour daigner remarquer sa présence.

Il prend brièvement la parole, remercie tout le monde d'être venu à la mairie ce jour, écouter de jolies histoires qui devraient ravir petits et grands. Il annonce sous les applaudissements qu'un goûter et quelques présents seront offerts aux enfants à la fin de la représentation.

— N'hésitez pas à acheter des livres de contes après la lecture : ça aidera sans doute Justin à sauver sa librairie.

Romy ravale sa salive : il fait vraiment comme si elle n'existait pas.

— Je vous laisse en compagnie de Romy. Justin dit beaucoup de bien d'elle, c'est sans doute à raison.

La jeune femme estime que c'est mieux que rien, vue l'attitude de gros bourru qu'a cet homme. Finalement, il n'y a peut-être pas de regret à avoir à ne pas avoir connu et fréquenté un bougon pareil.

Et alors qu'elle ne s'y attendait plus, il approche avec quelque chose qui pourrait ressembler à un embryon de sourire.

— Bonjour, Romy, prononce-t-il un peu gêné. Jocelyne prétend que nous avons beaucoup de choses à nous dire. Vous… tu crois qu'on pourrait s'en toucher quelques mots, pour commencer, tout à l'heure ?

Elle opine du chef, plus émue qu'elle ne veut le reconnaître. Elle n'arrive pas à articuler un seul mot et s'agite afin de faire comprendre que les enfants l'attendent.

— Je ne te retiens pas, on s'impatiente dans la salle, ajoute-t-il avec une grande douceur.

Malgré un cœur qui bat à cent à l'heure, Romy enchaîne le récit de plusieurs petites histoires pleines de magie, de neige et de fins heureuses. Comme prévu, elle termine par une jolie histoire dans laquelle le père Noël, malade, se fait remplacer par un de ses lutins qui se perd dans les rues d'un joli village provençal, qu'il aimerait ensuite ne plus quitter.

Tous ont applaudi : enfants comme adultes et Romy se sent heureuse et à sa place, un peu comme le lutin du Père Noël.

De nombreuses personnes viennent lui acheter des livres de contes et la féliciter pour sa prestation.

— J'ai adoré la dernière histoire, lui confie Marie pendant que Justin choisit un livre. Je ne la connaissais pas, elle est de qui ?

— De moi, je l'ai écrite ces jours-ci. C'est la vie à Saint-Pé qui m'a inspirée.

— Vous êtes drôlement douée, s'enthousiasme la maman de Théo. Et cette moralité : « Si on met son cœur à nu, on nous tendra toujours la main. » Dire la vérité, au fond, c'est ce que j'aurais dû faire dès le départ. Personne n'aurait souffert à ce point.

Si Romy a écrit cette histoire avant tout pour parler d'elle et exorciser ce qui se bat à l'intérieur d'elle, elle prend conscience qu'elle n'est pas seule à faire de mauvais choix, à préférer le silence ou la fuite plutôt qu'à assumer la vérité.

Une fois les ventes terminées, elle replie tout son matériel. Les enfants, eux, se régalent du goûter et les cris de joie de toutes parts témoignent que les petits présents offerts par l'équipe municipale ont fait mouche.

Alors qu'elle a presque tout remballé, Alain s'approche discrètement.

— Ce n'est pas l'endroit idéal pour en parler, mais je voulais que tu saches que depuis que Jocelyne m'a confié ce que tu lui as dit à la fête, je me pose énormément de questions.

À la mention du nom de l'épouse du maire, Romy se remémore le déroulé de la soirée de Gary et Daphné. Après l'altercation avec Jocelyne, elle avait constaté que le couple s'était éclipsé assez rapidement.

— Je ne veux pas remettre ta parole en doute, mais c'est si inattendu. Je vais avoir besoin de précisions, quand même, car tout ça est dingue. Pour moi, comme pour Jocelyne.

— J'imagine qu'on va devoir se cacher, alors, parce qu'elle me déteste cordialement.

— Elle a fini par me raconter vos échanges houleux, surtout l'autre soir, après avoir prétexté des vertiges pour qu'on quitte la fête aussitôt.

Devant les yeux ronds de Romy, il ajoute :

— Sa réaction a sans doute été démesurée, car elle s'était forgé des scénarios plus farfelus les uns que les autres à ton égard. Et ta révélation, ma foi, elle ne l'a pas vu venir. Mais de la même manière que je le suis aujourd'hui, quand elle a compris que j'avais une fille, et qu'en réalité tu n'avais monté tout ce stratagème d'achat de la librairie que pour me rencontrer, elle a finalement été émue.

Romy ne peut s'empêcher de ressentir une profonde émotion. Tout serait enfin sur le point de s'aligner ?

Elle n'a pas le temps de s'interroger davantage qu'une voix bouffie de colère s'élève dans son dos :

— J'ai bien fait de fermer la librairie quelques minutes et de venir te donner un coup de main pour tout ranger.

Sinon, j'aurais raté l'émouvante scène des retrouvailles et surtout… la révélation cruciale.

Justin est là, les mâchoires contractées, ses yeux prêts à lui lancer les foudres de l'enfer. Il pose un doigt sur sa propre bouche puis décoche une dernière flèche :

— Pas un mot, Romy, pas un mot. J'en ai assez entendu.

Chapitre 53

Jeudi 21 décembre

Malgré ses tentatives d'explication, Justin n'a dit que le strict minimum à Romy.

Tout d'abord, il lui a présenté deux choix : quitter immédiatement les lieux, ou assurer jusqu'au samedi pour la deuxième animation « conte de Noël » prévue à la mairie et partir ensuite. Justin et Romy n'ont pas les mêmes motivations à première vue. Si Romy accepte, c'est parce qu'elle espère gagner du temps et ainsi avoir l'opportunité de se rattraper. De son côté, Justin ne peut décemment pas se passer d'une deuxième personne pour cette dernière ligne droite. Sinon, n'étant pas en mesure de se dédoubler, il devra au moins annuler les événements prévus à l'extérieur de la librairie.

— Bien sûr, je te paierai.

— Je peux le faire à titre gratuit, ce serait la moindre des choses. Mais, ose-t-elle ajouter, ces deux nuits passées ensemble ne signifient rien pour toi ?

— Pourquoi, tu veux que je te les paie aussi ? lui assène-t-il d'un ton méprisant.

Il souffre, c'est évident, et cette réplique odieuse, si elle n'est pas excusable, s'explique par la profonde sensation de trahison qui lui dévaste les entrailles. Il voudrait qu'elle souffre autant que lui… En effet, pour lui avoir fait un truc pareil, il lui semble évident qu'elle n'a jamais eu l'ombre d'un sentiment à son égard.

La journée a un sale goût d'amertume.

Romy ne sait pas comment elle a réussi à ne pas s'enfuir, et à ne pas pleurer non plus. Sans doute parce qu'elle espère encore ne pas tout foirer, notamment en nouant un lien avec son père. Même si Alain n'a pas encore écrit ou appelé, le ton de sa voix était assez rassurant pour laisser présager une fin heureuse à ce volet-là de sa vie. Après tout, elle est venue à Saint-Pélaire pour savoir si elle pouvait faire connaissance avec celui qui, sans le savoir, avait participé à son existence. Trouver l'amour aurait été un bonus non négligeable, mais un bonus tout de même. Elle s'en remettra ! Cette simple pensée sonne faux, elle le sait, et si elle ne parvient pas à se coller ça dans la tête pendant quelques jours, elle va s'effondrer.

Justin s'occupe la tête grâce au travail. Il est sur tant de fronts en même temps, qu'il n'y a pas de place pour ses sentiments naissants à l'égard de Romy. Heureusement, la présence de Marie le libère de la charge mentale consacrée à Théo. Le petit garçon profite à fond de la présence de sa maman, et l'indisponibilité de Justin leur permet de faire connaissance.

C'est ainsi que la journée se passe à une allure folle, chacun ayant veillé soigneusement à s'adresser le moins possible à l'autre. La tête haute, mais le cœur lourd.

Vers 16 heures, Justin quitte la librairie pour installer une belle table chez Gino pour le book club. Le rendez-vous est donné à la boutique, afin de faire visiter le lieu, puis toute la troupe se dirigera vers le bar pour continuer la discussion.

Les deux hommes sont impatients. Le restaurateur est friand de tout ce qui fait vivre le village et son commerce par la même occasion.

— Merci, Justin, d'avoir pensé à moi pour tenir ta petite réunion de lecteurs ! J'adore quand ça bouge à Saint-Pé ! Surtout en plein hiver !

— Merci aussi à toi de nous recevoir et de me proposer une formule aussi intéressante !

— C'est ma manière de t'aider. Tu sais que je suis pas trop lecteur, alors je contribue comme je peux pour que la librairie existe encore longtemps.

Les deux hommes se donnent une franche accolade et Justin prend encore un peu plus conscience qu'il est ici chez lui.

— Du coup, c'est Romy qui tient la librairie, là ?

— Ouais, répond Justin du bout des lèvres. Je ne peux pas être partout en même temps.

Gino le scrute de manière circonspecte.

— C'est quoi, le problème, Justin ?

— Gino, c'est trop long à expliquer, et c'est plutôt intime.

— Ouais et t'es pas du genre à étaler tes sentiments en public…

— Mes sentiments… t'y vas peut-être un peu fort…

Gino n'insiste pas, d'autant qu'on l'appelle au bar. Il laisse Justin continuer ses préparatifs et sa décoration, installer ses livres.

Quand il revient déposer les cupcakes qu'il a confectionnés, il balance en passant :

— Je t'ai jamais vu aussi rayonnant que depuis qu'elle est là, Justin. Alors si tu veux mon avis, mets un mouchoir sur ton orgueil et discute avec elle. Fais-moi confiance, sinon un jour, tu te retrouveras comme un vieux con à regretter d'avoir laissé filer l'amour de ta vie.

Chapitre 54
Jeudi 21 décembre

Justin n'est revenu à la librairie que quelques minutes avant le rendez-vous pris avec le groupe de lectrices. Elles avaient promis d'être une dizaine, elles sont quatorze. Se sont ajoutées quelques personnes supplémentaires, à la dernière minute, portant le nombre total de participants à vingt et un dont deux hommes.

Lilou a commencé à filmer dès les premières arrivées et elle passe en direct. Justin constate sur son téléphone qu'il y a déjà pas mal de gens connectés. Aujourd'hui, la cagnotte a peu bougé, mais Lilou est persuadée que cette soirée devrait donner une belle dernière impulsion avant le réveillon. *C'est digne d'un téléfilm de Noël de sauver une librairie et son patron sexy*, lui a-t-elle confié hier.

Justin accueille chacun de la manière la plus personnalisée possible. Il est heureux de mettre un visage sur plusieurs instagrammeuses avec lesquelles il a pu échanger depuis le premier live de Lilou. Il n'entend que des compliments sur la librairie et son agencement.

— On peut se tutoyer, Justin ? demande Solène, dont les bras sont déjà chargés de livres.

— Avec plaisir, tout ça, c'est aussi grâce à toi. En revanche, je suis un peu déçu. Où est la star des réseaux ? Eddie, évidemment, ajoute-t-il face à la mine perplexe de son interlocutrice.

— Je l'ai laissé à ma maman. Même si elle râle qu'elle ne veut pas s'occuper d'un chien, c'est une mamie gâteau, plaisante-t-elle. Et puis, j'aimerais avoir une chance d'acheter des romans qu'il n'aura pas bouffés avant.

Une fois tout le monde arrivé et un tour fait, Justin invite tout le monde à le suivre au bar, pour la partie réservée aux échanges… et à la gourmandise.

Son regard croise celui de Romy. Cette dernière lui adresse un petit sourire si désarmant qu'il manque lui en rendre un. Mais il se reprend : les mots de Gino n'ont pas encore eu le temps de faire leur chemin. Il lève les yeux au ciel et tourne les talons.

Si elle est parvenue à ne pas filmer cette réaction, le froid glacial entre eux n'a pas pour autant échappé à Lilou.

Gino se montre un hôte à la hauteur, lui aussi. Il installe tout le monde, propose des boissons chaudes en mettant en avant le lait de poule au spéculos. Il est surpris de voir tous ces gens dégainer leurs téléphones, photographier et filmer. Il leur demanderait bien comment ils peuvent profiter de la soirée s'ils la passent accrochés à leur monde virtuel. Il comprend qu'il est dépassé et s'abstient de toute remarque, notamment parce que Justin l'a briefé sur l'importance de l'événement.

Justin fait une présentation de toutes les romances de Noël sorties ces dernières semaines. Il ne les connaît pas toutes, mais entre Lilou et les lecteurs présents, presque chacun des titres a déjà été lu au moins une fois, alors les échanges vont bon train.

Justin en profite ensuite pour proposer une sélection de ses histoires d'amour préférées, remettant ainsi à l'honneur quelques grands classiques du genre.

Dans la salle, tout le monde passe un bon moment : ça rit, ça couine, ça note les suggestions. On échange sur ses tropes préférés, sur la question du mâle alpha, et sur les limites de chacun en matière d'histoire d'amour. Entre les partisans des romances soft et de celles carrément épicées, les arguments fusent. Si on avait dit à Justin, quelques semaines auparavant, qu'il animerait une soirée romance, à Saint-Pélaire, il n'y aurait pas cru.

Justin laisse ses convives échanger entre eux et en profite pour se rapprocher de Lilou.

— C'est un moment incroyable. C'est si bon, cette émulation autour des livres. Je ne sais pas comment je pourrai un jour te remercier. Si tu veux…

— Si tu me parles fric, je te jure de mal le prendre.

— Que je sache, même si tu me sembles de plus en plus proche de mon pote Romain, tu ne vis pas d'amour et d'eau fraîche.

— Tu as raison, mais toute cette histoire m'aura donné une visibilité supplémentaire, et depuis, j'ai reçu quelques propositions commerciales qui vont largement me récompenser du temps passé ici. Allez, profitons du moment, on aura le temps d'en parler.

Justin reprend la parole et propose aux personnes présentes qui souhaitent faire quelques achats de le suivre à la librairie. Il regarde sa montre et annonce :

— La boutique étant à présent fermée, c'est comme si elle était privatisée juste pour vous.

Solène en profite pour l'interpeller, caméra du téléphone braquée sur lui.

— Justin, j'aimerais avoir la primeur d'un truc sur mes réseaux… Qui sera aux commandes Des livres pour plaire alors ?

Romy vient d'entrer sur la pointe des pieds dans la pièce, mais Justin l'a immédiatement vue. Il en profite pour décocher une flèche :

— Grâce à votre aide à tous, aux nombreux dons qui devraient me permettre de rembourser mes dettes, de me réinventer et de voir venir quelque temps, je vais pouvoir rester. Cet endroit a besoin de quelqu'un qui s'y connaît et dont les intentions sont sincères.

Le regard réprobateur de Lilou lui indique qu'il est peut-être allé trop loin. Il ajoute au vol un mot pour remercier Romy de son aide tout au long du mois, mais celle-ci a déjà disparu.

Chapitre 55

Jeudi 21 décembre

Une fois tout le monde parti et la librairie fermée, Justin a envoyé un message à Romy. Celle-ci a accepté de le recevoir dans l'espace commun du gîte. Il est déjà tard, tout le monde est parti se coucher. Elle a demandé à Daphné qui a confirmé que ça ne posait aucun problème, du moment qu'elle pensait bien ensuite à reverrouiller la porte principale.

Justin est là, devant elle. C'est aussi bon que déchirant. Elle ne sait comment démarrer la conversation, alors il se lance :

— Romy, il faut qu'on se parle… à cœur ouvert.

La jeune femme baisse les yeux, incapable de le regarder. Tout est allé trop loin, tout lui a échappé. Elle a honte et pourtant, elle ne parvient pas à voir comment elle aurait pu faire autrement. Elle ne prône pas le mensonge, mais si elle était juste venue faire connaissance avec l'amour de jeunesse de sa mère, elle n'aurait sans doute jamais vécu tout cela. Elle n'aurait pas créé tous ces liens avec Justin et Théo. Et même si tout cela est en train de prendre un tour désastreux, elle s'est sentie vivre à nouveau.

Quand elle est arrivée là, elle était brisée, elle n'avait plus aucun objectif. Plus aucune envie non plus. Alors même si elle est en train de perdre l'homme qui a fait battre son cœur comme jamais, elle sait que celui-ci est de nouveau capable de battre. Elle va essayer de s'en contenter, et de se consoler, même si cela doit prendre un temps infini.

— Je suis prête, Justin, dit-elle en relevant les yeux vers lui. Je n'ai jamais été aussi prête de toute ma vie.

Il la regarde avec une telle intensité qu'elle se sent transpercée. Il n'a suffi que de quelques secondes pour qu'elle s'aperçoive que tout ça n'est que du bla-bla. C'est cet homme qu'elle désire. C'est certain, s'il lui dit qu'il ne veut plus la voir – et elle l'aura bien mérité – elle mettra plus que quelques semaines ou quelques mois à se remettre de lui. Peut-être même le portera-t-elle toujours en elle, quelque part, niché tout au creux de son cœur.

— Ces trois dernières semaines ont été mouvementées. Je pense pouvoir dire qu'en matière d'ascenseur émotionnel, ma vie a rarement été aussi dingue. Et malgré tout ce que j'ai pu commencer à ressentir, la priorité, tu t'en doutes, c'est Théo. Son équilibre et son bonheur n'ont certes pas été l'unique critère de réflexion, mais ils ont toujours fait pencher la balance.

— C'est normal…

— Je ne sais pas si ça l'est… en tout cas, c'est ma manière de fonctionner.

Elle s'attendait à ce qu'il manifeste de la colère à son égard. C'est tout autre chose qu'elle perçoit. Et ça ne l'en déstabilise que davantage. Il est triste, immensément triste. Sa voix et son regard ne laissent aucun doute.

Cette histoire va s'arrêter comme elle a commencé… non pas sur un malentendu, mais sur une accumulation de malentendus.

— Je dois reconnaître que je ne sais pas trop par où commencer : la nécessité de construire l'avenir de la librairie, le retour de Marie, ton mensonge. Et puis, je ne sais pas ce qui se trame au fond de ton cœur. On n'est plus les mêmes apparemment.

Il a raison et c'est dingue. À la fois, il ne s'est passé que trois semaines, et pourtant une année entière aurait pu ne pas suffire à provoquer un tel raz-de-marée dans les vies d'autant de personnes.

Elle a tant à dire, mais c'est si dur de se lancer.

— Marie va rester chez nous. C'est important pour Justin. Je veux leur donner la chance de nouer une relation mère-fils. Je n'ai pas encore digéré son départ, mais je veux lui laisser la possibilité d'une deuxième chance. On a tous le droit de se tromper, même lourdement.

— C'est normal, on n'a qu'une maman, même si celle-ci a déraillé. J'espère que vous serez heureux, tu le mérites.

Justin la regarde, perplexe.

— Quel rapport avec moi, Romy ?

Il marque un temps d'arrêt, dont elle ne se saisit pas. C'est trop douloureux pour elle de placer des mots dessus…

— Oh, tu penses que je compte me remettre avec Marie ?

Elle hoche la tête, contenant ses larmes à grand-peine. Son cœur est plein pour cet homme qu'elle connaît pourtant à peine. Elle ne peut pas le lui reprocher et pourtant, ça la meurtrit.

— Tu te trompes sur toute la ligne. Marie occupe ta chambre… enfin la chambre d'amis. Et il n'est pas question que nous refassions lit commun. Ni de son côté ni du mien. Je suis heureux néanmoins de son retour. Pour moi, je veux dire. On a pu mettre les mots sur nos maux, mettre un point final à l'histoire. Ce n'est jamais bon de clore une histoire par le silence ou par la fuite. C'est pour cette raison que je voulais qu'on se parle, toi et moi.

Romy manque une respiration. C'est donc bien de cela qu'il s'agit. Parler à cœur ouvert, oui, mais pour en finir. Elle ignore si elle va en être capable. Elle ne s'est jamais sentie entendue dans sa précédente relation, alors pourquoi perdre son temps en paroles inutiles ?

— C'est vrai que depuis quelques jours, je me démène pour sauver la librairie. OK, j'ai pas été super franc sur ce point-là…

— Je l'ai encore moins été…

Ils se dévorent des yeux et la tension qui s'en dégage est énorme. Pourtant c'est la colère de Justin qui l'emporte, à juste titre.

— Je peux entendre, poursuit-il, que ta priorité ait été de comprendre d'où tu venais. Je te l'ai dit, je conçois parfaitement qu'on fasse le choix de se prioriser dans la vie. Mais il y a deux choses qu'aujourd'hui, je ne parviens pas à digérer.

Romy prend sur elle, une profonde tristesse l'étreint. Sa gorge se serre, ses yeux la piquent et elle craint de ne pas réussir à retenir ses larmes encore très longtemps.

Elle aimerait pouvoir lui dire tellement de choses et pourtant tout lui semble tellement fade. Tellement vain en regard de ce qu'elle a fait.

— La première c'est que tu nous as délibérément mis en danger, Théo et moi. Tu n'as jamais eu en tête de racheter la librairie, or tu savais que je n'avais pas vraiment d'autre acquéreur en vue.

— J'ai tenté de te le dire, Justin, au moins deux fois, plaide-t-elle.

— Tu n'as pas dû essayer bien fort alors, tranche-t-il. J'aurais pu tout perdre, et me retrouver à la rue avec mon gamin, tu te rends compte ?

Romy sent une première salve de larmes qui s'invite. Elle sait à présent que ce n'est plus qu'une question de temps avant qu'elle ne la submerge.

— La deuxième, c'est d'être tombé fou amoureux d'une femme qui m'a menti et qui aurait pu se barrer du jour au lendemain. Je ne peux pas reproduire ce schéma, Romy. Je refuse de m'enfermer dans une boucle dans laquelle je m'éprends de femmes qui ne savent pas ce qu'elles veulent.

— C'est ce que je croyais faire, au début, c'est vrai. Avant de vous connaître, Théo et toi, avant de créer tous ces liens à Saint-Pé. Ensuite, j'étais coincée. J'étais allée trop loin dans mon mensonge, je ne savais plus comment me tirer de ce mauvais pas.

Justin la regarde avec autant de tristesse que de tendresse.

— Tu aurais pu tout m'avouer à plusieurs reprises. J'aurais aimé que tu aies suffisamment confiance en moi pour ça. Ta sincérité aurait racheté tes erreurs.

Il s'approche d'elle, la prend dans ses bras, la serre et dépose un léger baiser dans ses cheveux. Puis il fait un pas en arrière, la regarde de la même manière que le premier soir où ils ont fait l'amour. Elle espère encore qu'il va fléchir, elle veut le supplier de leur donner une chance. Cependant, aucun mot ne parvient à franchir le seuil de ses lèvres.

— Mais là, c'est trop pour moi. J'espère que tu trouveras celui en qui tu auras suffisamment confiance pour ne pas prétendre être une autre.

Alors il tourne les talons et quitte la pièce.

Sans se retourner.

***

Romy ne parvient pas à trouver le sommeil. Elle tourne en rond dans son lit et pleure à gros bouillons.

Elle se rejoue sans cesse la scène : ce qu'elle aurait pu faire ces derniers jours, mais aussi ce qu'elle aurait pu répondre à Justin. Tantôt elle se maudit de ne pas avoir été plus franche, puis plus éloquente, tantôt, elle tente de se faire une raison.

Malgré l'heure tardive, ne sachant plus trop quoi faire, elle appelle sa mère. Elle commence par lui avouer qu'elle connaît la véritable identité de Marius depuis quelques jours, et dans la foulée lui déballe tous les rebondissements qui ont mené à la rupture avec Justin.

— Voilà, tu sais tout, ou presque…

Elle craignait un peu que sa mère lui reproche de ne pas l'avoir informée qu'elle avait trouvé son père. Mais Jeanne ne lui pose aucune question et, connaissant sa mère, elle pourrait s'en inquiéter si, à ce moment précis, elle n'était pas autant focalisée sur sa souffrance.

— Je suis tellement désolée pour toi, ma petite chérie. Je voudrais pouvoir te dire du mal de ce Justin. Pour te soulager. Or je pense que non seulement, c'est un mec bien, mais aussi que tu as pas besoin de ça.

— Je me suis engagée à rester jusqu'à samedi, je sais pas comment je vais tenir le coup.

— Romy, tu peux aussi prendre le premier train et rentrer.

Un léger silence s'installe, le temps que Romy réfléchisse à la question.

— Je pourrais, tu as raison. Mais maintenant qu'Alain sait qui je suis, il me semble important de rester et de faire plus ample connaissance. Ensuite, je partirai la tête haute.

— Et pour Noël ? demande Jeanne.

— Je ferai des courses de bons produits locaux, au marché samedi. Comme ça, je n'aurai qu'à me confectionner un plateau-repas super gourmand et me lécher les doigts devant une super comédie romantique de Noël.

— Tu es certaine que ça ira ?

— Mais oui, c'est juste une date. Sauf si tu me dis que c'est important pour toi et que tu veux que je rentre.

— J'avoue que c'est tentant. Je sais aussi que tu as besoin d'aller au bout de cette histoire. Je suis juste inquiète quant à ton moral.

— Je vais pas me laisser abattre, j'en ai vu d'autres, claironne-t-elle un peu vite. Bon maman, je vais prendre une douche bien chaude, enfiler un pyjama tout doux, et tenter de trouver le sommeil. Je te fais des bisous.

— Moi aussi, chérie. Et si tu craques, tu peux m'appeler. Jour et nuit, OK ?

— Promis.

Romy repose son téléphone sur son lit et se laisse aller à une énorme salve de pleurs, sans réaliser qu'elle n'a pas raccroché.

Chapitre 56

Vendredi 22 décembre

Justin est descendu à la librairie aux aurores. Depuis que Marie est là, il faut reconnaître que le quotidien est plus simple. Elle a insisté pour gérer toute la logistique avec Théo, au moins le temps des fêtes, pour permettre à Justin d'ouvrir sa boutique au maximum. Célia s'est également réjouie de cette trêve, car la semaine avant les vacances est toujours une immense ligne droite d'évaluations au lycée. Ainsi tout le monde y trouve son compte. Notamment Théo dont les liens avec sa maman semblent se renforcer jour après jour.

Ce matin, Josy frappe au carreau en brandissant le courrier. Elle s'arrête de nouveau le matin, offrant à Justin son sourire matinal, gage de bonne humeur pour la journée.

— Comment va mon libraire préféré, ce matin ?

— Si tu savais, Josy, c'est les montagnes russes dans ma vie, en ce moment !

— J'ai vu sur le journal que la cagnotte en ligne allait te permettre de souffler quelque temps.

Justin brandit une tasse :

— Tu as quelques minutes pour un café ? demande-t-il.

— Pas franchement, mais je vais me les accorder quand même, répond-elle en lui adressant un clin d'œil complice. Toi, t'as besoin de te confier, hein ?

Justin acquiesce et lui fait signe de s'asseoir dans un fauteuil. Elle enlève sa grosse veste, la pose sur le dossier et s'installe avec un plaisir non dissimulé. De son côté, Justin s'occupe de préparer leurs deux cafés, met quelques biscuits dans une assiette et s'assied à son tour.

— C'est d'un point de vue sentimental, Josy, que c'est la merde ! Excuse-moi du terme, mais je vois pas comment le dire autrement.

— Ouais, la mère du p'tit est revenue, à ce que j'ai vu. Tu t'es jamais trop épanché sur ce sujet. Vous allez vous remettre ensemble ?

— C'est pas au programme, non. Je suis content de la voir revenir dans la vie de Théo, même si ça va nous demander de faire des concessions au quotidien. En revanche, notre histoire est terminée. Son retour m'a permis d'en être certain et de mettre le point final nécessaire.

Josy boit une gorgée de café et repose sa tasse, affichant une moue perplexe.

— Alors pourquoi t'es contrarié ? Je te suis pas.

— Je suis amoureux… mais pas de Marie. Mon cœur bat pour Romy…

— C'est une très bonne nouvelle ! Je vois la phrase finale d'ici « Ils s'unirent, vécurent heureux et vendirent beaucoup de livres », dit-elle juste avant de se saisir d'un biscuit.

— Le souci, c'est qu'elle m'a menti depuis son arrivée. Elle n'a aucune intention de devenir libraire, elle est venue faire connaissance avec un des hommes du village.

Josy manque de s'étrangler avec le biscuit qu'elle était en train de mâcher.

— Peuchère, y a un autre mec ?

— Son père, en fait… qui vient de découvrir qu'elle existe.

— Eh ben, il s'en passe de bonnes à Saint-Pé ! Mais je vois quand même pas le rapport avec toi.

Alors, il lui raconte l'histoire dans les moindres détails, comment il aurait pu se retrouver à la rue, avec son fils ; mais aussi son incapacité à construire quelque chose avec quelqu'un qui lui a menti avec un tel aplomb.

— La vache, quand même ! J'imagine que ça a dû te secouer.

— C'est au-delà, Josy. C'est carrément rédhibitoire pour moi. Je vois pas comment je pourrais lui accorder ma confiance à présent.

— Je comprends ton point de vue. Et je me garderais bien de te dire quoi faire. En revanche, je te conseille de laisser passer un peu d'eau sous les ponts, afin de digérer tout ça. Dans quelque temps, tu verras peut-être les choses autrement.

Josy est la deuxième personne à émettre un avis moins tranché que le sien et ces mots ne le laissent pas complètement indifférent.

À quelques centaines de mètres de ça, Lilou et Romy se sont rejointes pour le petit-déjeuner. L'influenceuse ne va pas tarder à repartir et elle voulait profiter de quelques moments privilégiés avec sa nouvelle amie.

— Eh ben, c'est moi qui dors pas et c'est toi qui te tapes les cernes, plaisante Lilou.

La mine sordide qu'affiche Romy lui fait regretter aussitôt la plaisanterie. Cette dernière prend le temps non seulement de lui raconter les derniers rebondissements avec Justin, mais lui révèle surtout qui elle est vraiment et les raisons de sa présence à Saint-Pélaire.

— Je ne suis pas du tout étonnée, tu sais. J'avais essayé de mettre Justin en garde. Aurélie, la libraire de Cagnes-sur-Mer, n'avait pas gobé ton histoire non plus.

— Tu m'en veux ?

— Même pas. Depuis le début, je me dis que tu as une raison solide pour t'être embarquée là-dedans. Pour être honnête, je suis surtout navrée pour toi et pour le bourbier dans lequel tu te trouves vis-à-vis de Justin, désormais.

— J'avais peur que tu me reproches mes mensonges, et que tu me tournes le dos, toi aussi.

— J'aurais pu, c'est vrai. Mais je te le répète : t'avais tes raisons. Et puis on fait tous des erreurs. Et la tienne, t'en es déjà bien assez punie, selon moi.

Elle se saisit de la miche de pain, en coupe une large tranche, qu'elle tend à Romy.

— Merci. Je t'apprécie, beaucoup, Lilou. Et les liens qui ont pu se tisser entre nous, mes confidences sur mon passé, tout ça, c'est authentique.

— Comme tes sentiments pour Justin, je sais.

— Et pour Théo aussi… Ce gamin va terriblement me manquer, lui aussi…

À la fin de leur repas, les deux femmes s'étreignent. Il est fort possible qu'au retour de Romy au gîte, Lilou soit déjà partie.

— Bon, on va pas pleurer comme des nouilles, hein, plaisante l'influenceuse. Je mise qu'on va se revoir. Ici ou ailleurs.

— Merci pour tout, Lilou ! Ton écoute et surtout ta capacité à ne pas juger, ça fait du bien.

Malgré l'étrangeté de la situation, quand Romy arrive à la librairie, Justin lui fait bon accueil. La jeune femme se demande si elle n'aurait pas préféré qu'il soit plus froid à son égard. La gentillesse du libraire ne doit pas lui laisser espérer qu'il pourra faire machine arrière et lui pardonner ses dissimulations.

— Entre ton animation contes et le book club, le chiffre de la semaine va être encore meilleur que prévu. Merci beaucoup pour ton aide.

Il sort un énorme carton de sous la table des nouveautés.

— J'ai commandé en express un réassort pour ta lecture de demain. Le livreur est passé avant l'ouverture.

Elle s'en approche et inspecte le contenu. Elle découvre avec ravissement la beauté de tous ces livres illustrés.

— Parfait, je vais choisir des histoires à l'intérieur de ces ouvrages, ça devrait donner envie de les mettre sous le sapin.

— T'es vraiment faite pour ce job, c'est dommage, laisse-t-il échapper, le regrettant aussitôt.

Sans même lui laisser le temps de répondre, il lui tend une autre boîte :

— J'ai aussi refait un assortiment de papiers cadeaux : je te laisse faire ta sélection de ceux que tu veux emmener demain.

L'heure d'ouvrir le magasin est arrivée. Et quand Justin déverrouille la porte d'entrée, il y a déjà du monde qui attend. C'est parti pour le rush des derniers jours avant Noël : le temps des retardataires, des petits cadeaux en plus ou de ceux des invités de dernière minute.

Justin se demande s'il doit prévoir un cadeau pour Marie, puisqu'ils vont faire la fête tous les trois. Théo pourrait ne pas comprendre que le Père Noël oublie sa maman.

Une autre pensée s'invite, presque contre sa volonté. Romy va-t-elle partir aussitôt l'animation en mairie terminée ? Et si elle ne part pas immédiatement, avec qui va-t-elle bien pouvoir fêter Noël ?

L'afflux de clients lui évite d'avoir à se triturer les méninges plus longtemps. L'un comme l'autre sont tellement sollicités toute la journée qu'ils peinent à s'extraire chacun leur tour pour prendre une pause-déjeuner. Il semble déjà si loin le temps où Justin fermait la librairie le midi pour s'octroyer une sieste. Malgré tout, il sera bien heureux de revenir à un rythme plus raisonnable après les fêtes.

Aucun d'eux n'a vu filer la journée, quand la porte s'ouvre à toute volée et que retentit un « C'est les vacances », tonitruant. Théo vient de faire son entrée, suivi de Marie.

— Oh, Romy ! T'es là ! J'ai cru que t'étais repartie et que t'achetais plus la librairie de papa.

La jeune femme adresse un regard à Justin qui valide d'un signe de la tête sa demande silencieuse. Elle se baisse et tend les bras au petit garçon qui s'y jette avec tendresse.

— Je suis contente de te voir, bonhomme. Papa va garder sa librairie et moi je vais repartir. Dans quelques jours, normalement.

— Je suis content de rester à Saint-Pé, mais je suis triste que tu restes pas. Tu vas me manquer.

— Je t'enverrai des cartes postales si tu veux, propose-t-elle.

En guise de réponse, Théo la serre un peu plus fort puis annonce :

— Avec maman, on viendra t'écouter raconter des histoires, demain. Bon, maintenant, on va filer parce que c'est l'heure du goûter et ça gargouille dans mon bidon.

Le garçonnet s'éclipse avec sa maman, laissant une Romy au cœur définitivement chaviré.

C'est alors que la porte de la boutique s'ouvre et qu'elle entend :

— Romy Chanteclerc, promets-moi que la prochaine fois que t'as un coup de blues, il faudra pas que je traverse le pays pour venir te consoler.

Chapitre 57
Samedi 23 décembre

L'arrivée de Jeanne allège le cœur de Romy tout en rendant la situation un peu plus complexe. La veille, elle a reçu non seulement la visite de sa mère, mais aussi un message d'Alain lui demandant de la rencontrer, si possible dans la matinée. Afin de rester le plus discret possible, il lui a proposé un rendez-vous à Mougins, petite ville à proximité. Elle a proposé de le rejoindre pour le petit-déjeuner, afin de pouvoir se rendre à la librairie à une heure raisonnable.

Elle a confié à Jeanne la lourde tâche de ne pas se faire remarquer en son absence. Cette dernière a promis ne pas trop bouger du gîte, hormis pour une petite promenade discrète dans le village. Romy n'a pas d'autre choix que de la croire, mais elle connaît le caractère fantasque de sa mère et sa capacité à se faire naturellement remarquer. Comme elle n'a guère d'autre option, elle va se contenter de croiser les doigts pour que sa situation n'empire pas d'ici là.

Justin, de son côté, a parfaitement compris qu'elle devait s'absenter. Cependant, il ne lui a pas caché que plus tôt elle serait de retour, mieux ce serait pour cette dernière grosse journée avant les fêtes.

Le cœur de Romy menace de se noyer sous toutes ces émotions contradictoires.

Quand elle arrive dans ce café dans lequel il lui a donné rendez-vous, il est déjà là, avec un café et un journal. Elle reste en retrait un instant, l'observe et tente de trouver des traits qu'il aurait pu lui léguer. Même si elle n'a aucun doute sur la parole de sa mère, elle serait rassurée que l'évidence puisse sauter aux yeux. C'est quand il lève la tête et qu'il sourit en l'apercevant, que ça la frappe : ils ont les mêmes fronces autour des yeux et la même bouche. C'est comme si elle trouvait enfin la pièce manquante du puzzle.

— Désolée, ce n'est pas facile d'être à l'heure avec les transports dans cette région.

Il se lève, ne sait pas trop s'il doit lui tendre la main ou lui faire une bise. Dans le doute, il ne fait ni l'un ni l'autre, mais l'invite à s'asseoir.

— C'est moi qui suis très en avance. J'aime venir prendre le café ici, je sais que personne ne me dérangera. J'en profite pour lire le journal, répondre à mes mails. Pour simplement rêvasser parfois. À Saint-Pé, il y a toujours quelqu'un pour me solliciter pour tout et pour rien. Je n'ai encore rien mangé. Que penses-tu d'un petit-déjeuner ? demande-t-il avant de héler le serveur.

Comme elle acquiesce, il passe commande au jeune homme qui vient de s'approcher :

— Léon, tu nous sers deux formules ? Avec les œufs brouillés et le jus d'orange pressé, s'il te plaît ! C'est une grande journée, on a besoin d'énergie !

Romy regarde cet homme et lui trouve vraiment fière allure. Son humeur enjouée du jour est aux antipodes de celle de râleur dont il a pu la gratifier ces dernières semaines.

— Parle-moi de toi, Romy. Sans vouloir te vexer, je ne sais même pas si tu es la personne que tu prétends être. J'ai tellement à découvrir, tellement à rattraper.

Alors elle déroule les grands pans de sa vie : une enfance choyée avec une mère aimante, une adolescence assez terne passée à se chercher, des études tout aussi ternes avec des tentatives diverses et variées pour trouver sa voie. En vain. Les petits boulots, la vie d'adulte avec un homme qui la confortait dans une mauvaise estime d'elle-même. La violence aussi puis le retour chez sa mère et l'incapacité à aller de l'avant. Jusqu'au jour du reportage à la télévision.

Alain, malgré quelques petites interventions, a laissé cette fille tombée du ciel lui raconter son parcours.

— Je pourrais en vouloir à ma mère, tu sais. Mais on a tous nos raisons de ne pas faire les bons choix.

— Je t'admire, Romy, de réagir ainsi. Je ne suis pas certain d'en être capable. Enfin, pas dans l'immédiat. J'ai l'impression qu'on m'a volé une partie de ma vie. Et même si j'ignorais tout de ton existence, je me sens coupable de t'avoir laissé tomber.

Ils font une petite pause dans leurs grands discours pour recharger les batteries à grand renfort d'œufs et de tartines beurrées.

À son tour, il lui fait le récit de sa vie après que son chemin l'a mené loin de celui de Jeanne. Il a changé de voie, fait plus ample connaissance avec Jocelyne dont il s'est sincèrement et profondément épris. Et le souvenir de Jeanne a fini par s'éteindre, pour se ranger dans la case des jolis souvenirs. Plusieurs fois, il avait eu envie de savoir ce qu'elle était devenue, mais, ne connaissant pas sa véritable identité, il ne savait pas par quel bout commencer. Ils avaient trouvé ça drôle de s'appeler par des surnoms. Marius et Fanny… cela lui tirait encore le sourire. Il garde le souvenir d'une jeune femme fraîche, décomplexée et d'une franchise à toute épreuve.

— C'était magique, j'avais l'impression de tout pouvoir lui dire, sans jamais me sentir jugé. J'étais un jeune adulte incertain, désireux de répondre aux injonctions parentales – pour ne pas décevoir – tout en les rejetant, car elles ne me correspondaient pas. C'était trop difficile pour Alain, d'en parler. Mais Marius, lui, pouvait tout confier à Fanny.

Romy l'écoute avec attention, grisée par tous ces morceaux de passé, par ce regard différent sur la jeune femme qu'était sa mère.

— Après la nuit passée ensemble, j'ai d'abord été soulagé de son départ. C'était une parenthèse enchantée que je ne souhaitais pas voir se télescoper avec mon quotidien. Quand j'ai réalisé que j'aurais aimé ne pas la perdre de vue, il était trop tard. Les moyens de communication n'étant pas les mêmes qu'aujourd'hui, j'ai renoncé. Et le temps a fait son œuvre.

— Et récemment, avec les réseaux sociaux, tu aurais pu, non ? l'interroge Romy.

— J'imagine bien le message diffusé sur les réseaux : Fanny, c'est Marius, où es-tu passée depuis trente ans ?

Ils rient ensemble.

— De plus, pour être honnête, je mène une vie que j'aime. Pourquoi aller jouer avec le feu ? D'autant que j'ignorais ton existence.

— C'est vrai. J'espère qu'aujourd'hui, on pourra aller de l'avant et regarder tout ce que la vie a encore à nous offrir.

Il opine du chef et continue à lui raconter son existence à lui, évoque les deux enfants qu'il a eus. Un garçon de vingt-huit ans, Julien, qui hésite après quelques années passées à Lyon pour lancer un complexe sportif, à revenir vivre dans la région, et une fille de vingt-quatre ans, Zoé, qui termine ses études de lettres et vit en colocation à Nice.

— Avec ma femme, on ne leur a pas encore parlé de toi. Je voulais d'abord savoir ce que tu souhaitais, avant de réfléchir à la manière et au moment de te faire entrer dans nos vies.

Romy n'en revient pas. Elle espérait tant que cela se passe sans trop de heurts, elle avait eu peur en faisant connaissance avec lui, puis face à la réaction de Jocelyne. Et là, les choses semblent trouver leur voie : il lui propose tout naturellement de les rencontrer.

— Ce serait bien, oui. Maman est arrivée hier soir donc…

— Ah, ta mère est là, la coupe-t-il. Comment dire… ça va faire beaucoup d'un coup, en effet. Bon, je te propose qu'on se donne du temps pour réfléchir à tout ça.

Il se lève un peu trop vite au goût de Romy, qui ne comprend pas trop comment la présence de Jeanne peut paraître plus effrayante que sa propre existence à elle.

Mais elle n'a pas le temps de réagir qu'il a déjà filé en demandant à Léon de mettre leurs consommations sur son compte.

Chapitre 58

Samedi 23 décembre

C'est encore une folle matinée à la librairie, surtout avec l'afflux de monde que le marché amène au village le samedi matin.

Cela ne fait pas longtemps que Justin a ouvert la boutique quand Romy revient de Mougins. Ne souhaitant pas arriver trop tard, elle a fait appel à un chauffeur.

Dès son arrivée, elle lui propose de tenir la caisse pendant qu'il conseille en magasin. Beaucoup de clients demandent des paquets cadeaux, ce qui crée une file d'attente et un peu d'impatience.

Romy voit sa mère entrer et flâner dans les rayons. Elle est partagée sur la présence de cette dernière : autant elle est sensible au fait que Jeanne l'ait immédiatement rejointe en sentant son extrême tristesse, autant elle craint que ce ne soit pas le timing idéal pour réussir à créer du lien avec Alain et sa famille. Que se passera-t-il s'ils se croisent ? Alain parviendra-t-il à ne pas laisser éclater sa colère ? Jocelyne se sentira-t-elle menacée par cette femme qui resurgit du passé ?

Une bonne chose, le flot incessant de clients l'empêche de trop ruminer et elle enchaîne encaissements, emballage de paquets, sourires et « Joyeux Noël ». Justin a mis une playlist de Noël en fond sonore et le « *It's beginning to look a lot like Christmas* » de Michael Bublé rend l'ambiance encore plus cosy.

Romy le voit évoluer au milieu des livres. Elle se réjouit que la cagnotte lui permette de chercher un nouveau souffle pour son commerce et ne le force pas à déraciner Théo. Elle aimerait lui trouver des défauts, réussir à le détester, mais elle a conscience de ne pouvoir s'en prendre qu'à elle-même. Elle espère juste que la flamme dans son cœur finira par s'éteindre.

Elle cherche sa mère du regard, ne l'aperçoit plus nulle part. Elle jette un œil rapide à son téléphone : aucun message ne l'y attend. Elle prie le ciel pour que Jeanne ne se mette pas en tête d'aller vérifier à quoi ressemble Alain aujourd'hui… elle sait bien qu'avec cette dernière, tout est possible.

Un peu avant midi, Romy adresse enfin la parole à Justin :

— Et si tu déjeunais le premier ? Comme ça, je mangerai un bout ensuite avant de filer à la mairie pour les contes.

— OK, je vais manger sur le pouce chez Gino, je l'avais prévenu. Tu veux que je lui demande de te préparer quelque chose d'ici une petite demi-heure ?

— Je crois que je vais me prendre un sandwich chez Paulette et le manger sur un banc en face de la fontaine.

— T'es certaine ? Ça caille aujourd'hui : ça m'étonnerait pas qu'il neige si la température continue à baisser.

— J'ai vu que les prévisions météo ne l'excluent pas en effet. Vous devez pas en voir souvent par ici.

— C'est vrai, dès le troisième flocon, on sort la luge. Et au dixième, les gens paniquent et les routes sont bloquées, plaisante-t-il. Sérieusement, à ta place, je mangerais au chaud.

— OK, je veux bien que Gino me mette un plat du jour de côté, alors.

— Tu veux que je t'envoie un message pour te dire ce qu'il a aujourd'hui au menu ?

— Non, je suis pas difficile et Gino fait toujours de super recettes, confirme-t-elle.

Elle trouve compliqué d'échanger de simples banalités avec lui après l'intimité qu'ils ont partagée. Elle commence à souhaiter que la journée s'achève et qu'elle n'ait plus à revenir à la librairie. C'est trop dur.

L'après-midi à la mairie est, lui aussi, aussi chouette qu'éprouvant. Se trouver au milieu des tout-petits semble être une évidence pour Romy, sans doute encore plus que de conseiller et vendre des livres. Elle n'aurait jamais pensé à se former et à chercher un emploi dans ce domaine. Et pourtant, ça lui saute aux yeux. Elle aimerait s'occuper d'enfants et si possible leur transmettre des choses. Ce sera sa première résolution pour la nouvelle année : faire un bilan de compétences et envisager d'emprunter enfin la bonne voie pour son avenir.

Théo est là, avec sa maman. La présence de l'enfant l'enchante autant qu'elle la meurtrit. Elle est tombée amoureuse du père dans tout ce que sa personne et sa vie contiennent : notamment ce petit garçon tendre et facétieux.

Il vient d'ailleurs se jeter dans ses bras, dès sa prestation terminée.

— Vous avez tapé dans l'œil de mon p'tit gars, la taquine Marie.

— Désolée, je veux pas que vous me trouviez envahissante, s'excuse Romy.

— Soyez pas désolée. Bien au contraire. Plus il y a de gens aimants dans la vie de mon fils, et plus je suis heureuse. On n'est jamais trop nombreux pour élever un enfant. Surtout quand certains, parfois, se montrent défaillants…

La culpabilité se lit sur le visage de cette maman comme dans un livre ouvert. Romy aimerait prononcer des paroles qui consolent, mais non seulement elle ne sait pas trop si elle a le droit d'aborder ce sujet, ni même si elle serait adroite dans ses mots. Alors elle se contente de lui offrir le sourire le plus lumineux qu'elle ait en réserve.

— Romy, les interrompt Théo. Tu vas faire quoi pour le réveillon de Noël ?

— Ma maman m'a aussi fait la surprise d'arriver à Saint-Pé, hier. Alors je vais profiter de sa présence.

— J'aimerais bien que tu fasses la fête avec nous. Ta maman peut venir, bien sûr.

Romy se sent terriblement gênée, d'autant qu'elle ignore ce que Marie sait de toute cette histoire.

— C'est très gentil de proposer, mon Théo. Mais je connais deux mamans qui ont envie d'avoir leur enfant pour elle toute seule. On se verra un autre jour et tu me diras tout ce que le Papa Noël t'aura apporté. D'accord ?

Elle sait qu'il y a fort peu de chance qu'elle puisse revoir le petit garçon, mais il n'a pas besoin que cette pensée sombre lui gâche son Noël.

Sa mère l'attend dans un coin, curieusement calme et discrète. Si elle ne la connaissait pas si bien, elle pourrait croire que tout est sous contrôle. Cependant, elle sait que cette dernière est comme le lait sur le feu.

Venir à la mairie n'est sans doute pas la meilleure idée de Jeanne, mais comme c'est l'adjointe au maire qui est présente, tout malaise a été évité.

Une fois tout son matériel remballé, Romy annonce à Jeanne qu'elle va faire un dernier saut à la librairie afin de déposer les quelques livres qu'elle n'a pas vendus et la caisse.

— On se rejoint au gîte ?

— D'accord, je vais faire un saut au village, réaliser quelques achats pour pouvoir dîner demain, si ça te va.

— C'est parfait, je veux bien que tu achètes aussi de quoi manger pour ce soir. Je n'ai pas voulu embêter Daphné en cette veille de réveillon. Et comme Lilou est partie, nous sommes les seules au gîte. Donc Gary et elle, seront sans doute ravis de souffler.

— J'ai anticipé et j'ai acheté de bons produits à un sympathique traiteur italien sur le marché ce matin.

— Génial, les produits de Tommaso sont délicieux.

Les deux femmes partent chacune de leur côté.

C'est le cœur serré que Romy entre dans la librairie. Justin remercie un dernier client et ferme derrière lui.

— Quelle journée ! Quelle semaine, d'ailleurs ! Je sais pas toi, mais je suis épuisé.

— Pas mieux ! Je crois que je vais soudoyer ma mère pour qu'elle me masse les pieds !

— Je trouve ça génial qu'elle t'ait fait la surprise de venir. Et avec Alain, ça avance ? se force-t-il à demander.

Romy se passe la main dans les cheveux, hésite à répondre et se lance :

— Je croyais, mais à la mention de la présence de ma mère, je sais pas, j'ai eu l'impression qu'il faisait machine arrière. Je m'affole pas : c'est une sacrée révélation qui lui tombe dessus, juste en plein milieu des fêtes en plus. J'ai vécu tout ce temps sans lui, alors je peux bien attendre encore.

Et pourtant, en disant cela, les vannes rompent et elle se met à pleurer à chaudes larmes. Justin, remué malgré tout, la prend dans ses bras et la serre fort. Il lui murmure des choses douces à l'oreille pour la réconforter, lui caresse le dos et les épaules. Il ne peut s'en empêcher.

Elle se détache légèrement de son étreinte et le regarde avec intensité. Croyant déceler un assentiment, elle l'embrasse. Il commence par lui rendre son baiser, puis s'interrompt, la repousse doucement, mais fermement.

— Non, Romy ! Ce serait d'autant plus une erreur que toi et moi sommes fatigués et émotionnellement fragilisés.

Même si ce refus est doux et respectueux, Romy le reçoit telle une baffe en plein visage. Elle est mortifiée d'être ainsi rejetée. Elle le regarde, passe son bras sur son visage pour s'essuyer les yeux et le nez.

Incapable de dire un mot de plus, elle s'enfuit.

Assise sur le rebord de la fontaine sur la place presque déserte, elle prend conscience que quelque chose tombe du ciel. Quelque chose qui ressemble à de la neige, mais pas assez compact encore pour constituer des flocons.

Des sanglots s'invitent encore régulièrement, mais elle s'apaise doucement.

Elle travaille sa respiration, s'essuie de nouveau le visage, sans trop savoir si ce sont ses larmes ou cette neige fondue qui la gênent le plus.

Quand elle sera parvenue à effacer toute trace de son chagrin, elle rentrera au gîte profiter de la présence et du réconfort de sa mère. Elle espère qu'après une bonne nuit de sommeil, toutes ces émotions seront sous contrôle.

Chapitre 59

Dimanche 24 décembre

Jeanne et Romy ont passé la matinée du dimanche à se promener malgré le froid glacial. Saint-Pélaire est un très beau village, d'autant plus à cette période où il est paré de son habit de fêtes.

Jeanne est restée très évasive quant à son emploi du temps du samedi. Elle semble avoir discuté avec bon nombre de gens dans le village, car elle parle d'eux comme si elle les connaissait elle aussi. Romy lui demanderait bien si elle s'est arrangée pour croiser Alain, ou même Jocelyne, mais la jeune femme décide de faire l'autruche et de ne pas jeter de l'huile sur le feu.

En passant sur la place, les deux femmes tombent sur Romain qui finit de remballer tout son stand :

— Salut Romain, je te présente ma mère, Jeanne.

— Salut les filles ! Tu arrives trop tard, Romy : on a fait connaissance hier. D'ailleurs, Jeanne, j'ai cherché et trouvé ce que tu m'as demandé. J'allais passer l'apporter au gîte.

Il se dirige vers sa camionnette, laissant mère et fille quelques instants.

— Ah ouais, avec lui aussi, t'as papoté…

Jeanne lève les bras au ciel en signe d'impuissance. Heureusement, Romain revient sur ces entrefaites, empêchant la conversation de s'envenimer. Il porte un petit sapin floqué de blanc.

— J'ai failli m'en débarrasser, il n'avait pas fière allure. Mais je me suis dit qu'avec un peu de soin et d'attention, je pourrais le métamorphoser.

Il tend un sac et déclare :

— Et j'ai même trouvé quelques décorations pour finir de lui donner bonne mine.

— Merci Romain, le remercie Jeanne, émue. Un Noël sans sapin, même un petit, c'est pas Noël.

— Enfin, maman, y en a un au gîte.

— Oui, mais j'en voulais un rien qu'à nous, comme chaque année. Et la neige qui s'invite sérieusement me conforte dans cette idée : certaines choses sont indispensables à l'esprit de Noël.

Après avoir discuté un peu ensemble, appris que Romain allait rejoindre Lilou quelques jours, début janvier, ils se souhaitent de bonnes fêtes. Romain a gentiment proposé de leur déposer le petit sapin au gîte afin qu'elles puissent continuer leur balade.

— Du coup, tu te projettes comment, dans les mois à venir ? ose enfin demander Jeanne.

— Je sais maintenant que j'ai envie de travailler auprès des enfants, mais le projet est encore vague. Donc je vais me consacrer à ça, quitte à reprendre un job alimentaire en attendant.

— Et tu rentres à la maison, ou tu restes ici ?

Romy prend un moment avant de répondre.

— Dans un premier temps, si tu es d'accord avec ça, je veux bien continuer à vivre chez toi pour quelques mois. Même s'il est temps de voler de nouveau de mes propres ailes, je voudrais pouvoir le faire dans les meilleures conditions

— Et tu comptes t'installer dans le Sud ensuite ?

— J'avoue que ça m'interroge. J'ignore encore quelle place j'occuperai dans la vie d'Alain, mais cette région est si agréable, il y fait tellement bon vivre. Je reconnais que je m'y projette.

Un silence s'installe pendant lequel les deux femmes continuent à marcher.

— Je ne veux pas m'éloigner de toi, maman. D'ailleurs, ça fait des années que toi aussi, tu as envie de nouveaux horizons, alors, qui sait…

Jeanne acquiesce, mais ne relance pas la conversation. Elles poursuivent leur promenade dans les petits chemins autour du village, jusqu'à ce que la neige qui tombe un peu plus dru désormais, les incite à rentrer.

Après avoir fait une longue sieste l'après-midi et préparé leur repas du soir, Jeanne et Romy ont décidé de jouer le jeu et de se mettre sur leur trente-et-un. Gary a eu la gentillesse de leur laisser de la jolie vaisselle. Daphné et lui rejoignant leur famille du côté de Cannes, ils n'ont pas besoin de mettre les petites assiettes dans les grandes.

Romy installe quelques amuse-bouche sur la table, prépare deux kirs royaux dans des flûtes à champagne et tend une coupe à sa mère.

— Il n'est pas un peu tôt pour commencer à boire ? demande Jeanne en riant.

— Il n'est jamais trop tôt pour faire la fête. En plus, on ne dérangera personne si on finit ivres à chanter à tue-tête. Nos hôtes sont en train de se préparer et ensuite ils partent jusqu'à demain soir. Si tu en as envie, on va même pouvoir mettre la musique à fond et danser comme deux folles.

— Excellente idée, ça nous rappellera les beaux Noëls à deux comme quand tu étais petite fille.

Romy est heureuse de constater que sa mère est toujours là, présente dans tous les coups durs, avec son enthousiasme inégalable. N'est-ce pas une raison suffisante pour lui pardonner ses excentricités et ses maladresses récurrentes ?

C'est à ce moment-là qu'elle regarde son téléphone qui affiche un message d'Alain : « Je suis devant la porte du gîte, on peut se parler un instant ? »

Sa mère, occupée à danser, n'a pas remarqué le changement soudain d'attitude chez Romy. Alors quand cette dernière annonce qu'elle a oublié quelque chose dans sa chambre et qu'elle revient, Jeanne continue à onduler son corps en rythme.

Romy enfile un manteau. La neige continue de tomber à petits flocons, certes, mais de manière régulière. Quand elle ouvre la porte, la vision du quartier sous un manteau blanc l'émerveille. Le bruit feutré de ses pas sur ce petit tapis moelleux lui fait un bien fou. Quelle région incroyable, dans laquelle la météo peut nous surprendre à ce point !

Au visage crispé d'Alain, Romy comprend qu'il n'est pas venu lui souhaiter un Joyeux Noël. Il foule le sol maladroitement de son pied droit, frotte ses mains l'une contre l'autre et la gratifie d'un regard mal assuré. Cela fait bien trop de signes corporels négatifs pour que cette discussion soit sereine.

— Romy, je suis lâche, mais je peux pas. Pas pour l'instant en tout cas.

— Tu peux pas « quoi » ? Pardon, je te suis pas.

— Ton arrivée, ton existence…

— Mon existence ? La vache, c'est violent comme formule… Je te demande rien, en réalité : pas de place à ta table, pas de « mon p'tit papa », pas d'héritage…

Alain, toujours aussi gêné, regarde désormais ses pieds.

— Je sais bien, poursuit-il, c'est pas toi le problème, c'est moi…

— Arrête tes salades, s'il te plaît, le coupe-t-elle. T'es pas mon mec… c'est les mecs lâches qui balancent ça quand ils décident de rompre. Tu t'es trompé de registre… Alors maintenant, si t'as quelque chose à dire, balance… et moi je vais retourner danser comme une folle en compagnie de la seule personne qui ne m'ait jamais laissé tomber.

Alain tousse, s'éclaircit la gorge et cette fois la regarde dans les yeux :

— Disons que ta mère qui veut à tout prix s'expliquer… maintenant… en plein milieu des fêtes de Noël, alors qu'elle a eu des années pour le faire… elle aurait pu trouver un meilleur timing… Tout est vraiment trop soudain pour moi.

Romy chancelle devant ces paroles. C'est alors qu'il lui donne l'estocade finale :

— Et je me vois pas encore en parler à Julien et Zoé. Je suis pas assez fort pour affronter toute cette tourmente. Si tu pouvais rentrer chez toi, je crois que ça simplifierait la vie de tout le monde. Je te recontacterai sans doute… plus tard… désolé, mais je peux pas faire mieux pour l'instant.

Cela fait quelques minutes sans doute qu'Alain est parti quand Romy s'aperçoit qu'elle est littéralement transie et que ses pieds sont trempés. Elle a menti, elle a perdu Justin avant même d'avoir réellement construit quelque chose avec lui. Tout ça pour trouver un père qui ne veut pas d'elle dans sa vie, et constater que sa mère…

Elle pousse un cri, tellement proche du rugissement qu'elle s'en irrite les cordes vocales. Si elle n'évacue pas immédiatement sa colère, elle va lui dire des choses qu'elle regrettera ensuite. Un long râle sort de son corps, expulsant ainsi la tension inutile. Romy rentre dans le gîte, persuadée d'avoir retrouvé la sérénité nécessaire pour s'expliquer avec Jeanne. Elle enlève son manteau et ses chaussures et monte quelques instants dans sa chambre. Elle s'y essuie soigneusement le corps et les cheveux. Elle prend une longue respiration et retourne dans la salle commune, où sa mère ne s'est pas arrêtée de danser.

— Je sais pas ce que tu devais récupérer, mais c'était long. J'ai bien pensé que j'allais devoir appeler les secours.

Sans doute était-ce la réflexion de trop qui fait sortir Romy de ses gonds.

— Tu veux la vérité ? J'étais avec Alain, sur le pas de la porte. À l'écouter me dire comment ton mensonge insupportable, et aussi ta manie de te mêler de tout, avaient donné libre champ à sa lâcheté !

Comme une enfant prise en défaut, Jeanne s'arrête de tournoyer, coupée en plein élan, les cheveux en bataille.

— Pardon, je voulais juste…

— C'est ça, en fait, le nerf du problème ! Ce que tu veux ! C'est tout ce qui te préoccupe, en fait ! Pendant des années, tu as voulu me priver de la vérité, ne pensant qu'à ta petite personne.

— T'es injuste, tente Jeanne.

Romy est décidée à aller au bout, à vider complètement son sac :

— Et là, vlan, alors que je te demande de te faire toute petite, c'est plus fort que toi, il faut que tu ramènes ta fraise et que tu foutes le bordel !

— Je t'interdis de me parler comme ça…

— Et moi je t'interdis de me parler tout court, lui assène-t-elle juste avant de tourner les talons et d'aller s'enfermer dans sa chambre.

« Joyeux Noël » entend-on hurler, juste après que la porte a claqué à toute volée.

Chapitre 60

Dimanche 24 décembre

La soirée a également été mouvementée chez les Rothier.

Jocelyn, qui ignorait qu'Alain revenait d'une entrevue avec Romy, a décidé de mettre les pieds dans le plat. Après avoir elle-même hésité les jours d'avant, elle a décidé de ne plus se voiler la face. Certes l'arrivée de Jeanne et la volonté de cette dernière de parler à Alain ont créé une grande insécurité chez elle. Elle a eu peur. De tout et de rien.

De voir cette femme resurgir du passé, dans un premier temps. Alain et elle s'aiment profondément et sincèrement depuis si longtemps. Mais s'il avait soudain envie de renouer avec une ancienne idylle et passionnée, de sortir de l'heureuse routine de leur histoire ? Ensuite, elle s'est demandé si l'existence de Romy n'allait pas remettre en cause leur équilibre familial. Julien et Zoé allaient peut-être souffrir de ce marasme. Et si Romy leur demandait de l'argent, prétendait à une part de l'héritage d'Alain ? Et si, et si, et si…

Pour finir, elle s'est réprimandée : *Jocelyne, t'as pas attendu d'avoir cinquante ans pour te comporter comme une adolescente. L'histoire d'Alain et de cette femme, c'est du passé. En revanche, il appartient au présent d'élargir la famille et d'écrire de nouvelles pages d'un futur commun.*

Alors, en plein milieu du découpage de la dinde, elle est revenue sur le silence convenu avec Alain, pour déclarer :

— Les enfants, papa et moi avons une excellente nouvelle à vous annoncer. Vous avez une grande sœur.

De surprise, Alain avait failli se couper un doigt.

Sur les visages de Julien et Zoé, c'est la stupéfaction qui s'est invitée la première. Alors que Julien ne semble pas avoir encore digéré l'info, c'est Zoé qui entame la série des questions :

— Comment ça, une grande sœur ? Elle arrive d'où ?

— Hop, hop, hop, jeune fille, on se détend immédiatement ! intime sa mère. Alain, tu leur expliques ou je vais devoir m'en charger aussi ?

Zoé ne s'en laisse pas conter et reprend :

— Papa ? C'est ta fille ? T'as trompé maman ? Tu vas faire un test ADN ?

Julien soupire et s'exprime enfin :

— Zoé, respire et laisse les parents s'expliquer…

Alain pose ses couverts, secoue la tête en signe d'impuissance après avoir lancé à Jocelyne un regard lourd de reproches.

— Je voulais pas aborder les choses ainsi, pas ce soir non plus. Mais maintenant qu'on y est… J'ai donc connu une femme, un été, un peu avant de démarrer une relation avec votre maman. On était amis, enfin je croyais.

Elle n'habitait pas la région et la veille de son départ, la situation a… comment dire… dérapé… J'ai perdu tout contact avec elle, la vie a continué. Jusqu'à ce que Romy débarque à Saint-Pé au début du mois.

— Romy ? demande Julien. C'est la fille qui s'est proposée pour reprendre la librairie de Justin ?

— Oui, répond Alain, sauf qu'elle ne reprend rien du tout. En réalité, elle voulait trouver qui était son père.

Julien et Zoé n'en reviennent pas et un brouhaha auquel participe Jocelyne s'est installé dans la pièce. Il faut s'entendre sur ce que cette nouvelle va changer dans leurs vies à tous. Tout le monde se met rapidement d'accord sur le fait qu'Alain n'a rien à se reprocher dans cette affaire, qui ne remet en cause ni la sincérité de son couple ni celle de son rôle de père. Cependant, c'est un véritable ouragan qui vient de s'inviter au réveillon des Rothier.

Si Julien et Zoé ont réagi vivement, l'enthousiasme cède rapidement le pas, soulageant l'inquiétude de leurs parents. Appartenant à une génération biberonnée par les films et séries aux révélations plus surprenantes les unes que les autres, ils ont fini par voir cela comme une chance. Alors quand ils ont compris que cette grande sœur tombée du ciel était à quelques pas, leur réaction ne s'est pas faite attendre.

— Puisque c'est ainsi, on pourrait profiter des fêtes pour la rencontrer. Elle n'y est pour rien non plus après tout, lâche Zoé.

— Zoé a raison. Papa, appelle-la tout de suite, le presse Julien.

— À une heure pareille ? objecte Alain.

— Franchement, on est plus à une dinguerie près, dans cette famille, conclut Zoé en levant les yeux au ciel.

Le maire, soulagé que la nouvelle passe aussi naturellement, cède face à l'insistance de ses enfants. Encouragé par un discret sourire de Jocelyne, il prend son téléphone, compose le numéro :

— Romy ? C'est Alain. Je voulais te dire que… Comment ? Répète… J'arrive tout de suite.

***

Quelques dizaines de minutes plus tard, au bord d'une route de montagne…

— Plus de peur que de mal, confirme le pompier qui les a pris en charge. C'est juste une sortie de route à cause de la neige. La route est très glissante et, par ici, les gens ne sont ni équipés ni habitués. La voiture est morte, ils ont été bien secoués. On va tout de même vérifier, mais ils devraient tous s'en sortir seulement avec quelques bosses.

— Merci beaucoup pour votre intervention, parvient à prononcer Jeanne entre ses pleurs, encore nombreux. Heureusement que certains sacrifient leurs réveillons pour que les nôtres ne soient pas gâchés.

— Si vous voulez parler à votre fille, elle est dans le camion là-bas, on l'a enveloppée dans une couverture chauffante.

Quand Jeanne se rapproche, elle s'aperçoit qu'Alain et Romy sont déjà en grande conversation, alors elle décide de leur laisser un peu d'espace. C'est alors qu'elle aperçoit Gary et Daphné, et que toute l'histoire s'imbrique. Elle a dû monter dans leur voiture au moment où ils sont partis réveillonner.

— Je suis tellement désolée d'avoir gâché la fête de tout le monde, pleure Romy.

— Rien n'est gâché, voyons. Tu vas bien, Daphné et Gary aussi. C'est le principal.

— Oui, mais tu es là, sur le bord de la route, au lieu de t'amuser et de manger de bons trucs avec toute ta famille.

— En réalité, on s'est aperçu qu'il nous manquait quelqu'un.

Devant l'expression incrédule de Romy, celui qui est en train de réellement devenir son père poursuit :

— La soirée a été mouvementée, les réactions vives, les questions ont fusé. Je ne vais pas te dire que ce sera simple, mais on a tous envie d'apprendre à te connaître. Pour la suite, l'avenir nous le dira. Un pas après l'autre. Qu'en penses-tu ?

— Je suis tout à fait d'accord, on a tout le reste de nos vies pour s'apprivoiser.

Alain l'invite à venir partager leur repas de Noël, le lendemain. Romy le remercie et demande d'abord à s'assurer que sa mère ne prendra pas mal de déjeuner seule, avant d'accepter. D'autant qu'elle vient d'apercevoir cette dernière.

Les deux parents se croisent, se regardent, gênés. Il est bien trop tôt pour que ces deux-là s'entendent, alors Alain s'éloigne d'un pas assuré.

— Maman, je suis désolée. Pour ma colère, pour cette fin de soirée désastreuse.

Jeanne ne la laisse pas poursuivre et la prend dans ses bras. Les deux femmes pleurent de soulagement l'une contre l'autre pendant quelques instants.

— Mais comment es-tu arrivée jusqu'ici ?

— Après t'avoir laissé un peu de temps pour te calmer, j'ai voulu venir te parler. J'ai frappé à la porte de ta chambre, et n'obtenant pas de réponse, j'ai insisté. Puis malgré mes relances, ne t'entendant pas, je suis entrée sans ton autorisation. Quand j'ai réalisé que tu étais partie, j'ai foncé jusqu'à chez Justin. Je ne connais que lui et la librairie n'est pas loin du gîte. Il a eu la gentillesse de m'amener aussitôt.

Romy regarde partout autour d'elle, et elle ne le voit nulle part.

— Chérie… chuchote sa mère, il est reparti auprès de Théo. Mais il m'a fait promettre de lui donner des nouvelles. Les pompiers ont confirmé que Daphné et Gary peuvent aussi rentrer. Daphné a appelé une amie qui va venir nous récupérer et nous déposer au gîte.

Voilà comment s'achève cette soirée : sur un nouveau tourbillon d'émotions fortes, et contradictoires.

Chapitre 61

Lundi 25 décembre

Quand Romy frappe à la porte des Rothier, elle n'en mène pas large. Jocelyne lui ouvre :

— Sois sincèrement la bienvenue, annonce-t-elle en l'invitant à entrer. Ta maman ne l'a pas eu trop dure de te voir partir un midi de fêtes ?

— Sans doute, si, mais elle ne l'a pas laissé paraître. Elle m'a dit que c'était un moment important qui m'était offert, de ne pas le laisser filer.

Une fois ses chaussures et son manteau enlevés, elle entre dans la jolie maison du couple. Romy voit tout de suite les photos au mur et sur des guéridons. Elle a un pincement au cœur, puisque forcément, elle en est absente. On y voit les Rothier et leurs enfants, mais également d'autres personnes que Romy associe à de possibles oncles, tantes, grands-parents. Tous des inconnus alors qu'elle aurait pu faire partie de leur vie. Elle mentirait si elle disait que cela ne la prend pas aux tripes.

D'autant qu'il n'y a rien de tout cela chez elle non plus.

C'est à ce moment-là que tout remonte à sa mémoire, tout ce qu'elle a décidé de ne pas regarder en face depuis son plus jeune âge : leur solitude à sa mère et à elle. La famille de Jeanne lui avait tourné le dos quand elle s'était retrouvée enceinte, sans compagnon. C'était la honte, selon eux. Ils lui avaient d'abord mené la vie dure, fait des reproches. Et lorsque les propos dévalorisants avaient également touché la petite, Jeanne avait changé de région, trouvé un foyer pour mères célibataires et avait tout recommencé de zéro. Elle avait fait au mieux pour elle et son enfant, mais ça n'avait pas été facile tous les jours.

Romy est fière de cette mère qui n'a jamais fait les choses qu'avec son cœur, pour que sa fille ait la meilleure vie possible ; même si certains choix lui apparaissent encore discutables aujourd'hui.

Sentant probablement la tristesse envahir la jeune femme, Jocelyne entraîne Romy derrière elle, en l'abreuvant de questions anodines.

Rencontrer Julien et Zoé est un moment magique, cela semble irréel. Les trois frère et sœurs se regardent avec amusement, cherchant chacun la confirmation qu'ils se ressemblent les uns les autres et tentant de détendre l'atmosphère.

— J'ai toujours rêvé d'une grande sœur, confie Zoé. C'est le genre de vœu qu'on ne peut normalement pas exaucer. Je trouve ça canon ! Quand je vais raconter à ma coloc' ce que le Père Noël nous a apporté cette année, dit-elle avec un clin d'œil complice, elle va pas en revenir. Pour une fois que c'est dans ma famille qu'il se passe un truc dingue.

— Tu vas te taire ? lui demande Julien, moqueur. Romy, tu viens d'hériter d'une sœur moulin à paroles et pas question de te laisser t'enfuir. On va désormais être deux à partager ce fardeau.

Alain entre dans le salon à ce moment et propose à tout le monde de s'asseoir et de prendre l'apéritif. Ce moment qui aurait pu être gênant à bien des égards s'avère tout à fait naturel. Romy se sent à sa place.

La jeune femme sait qu'ils ont encore beaucoup à se dire et à apprendre les uns des autres, qu'il y a encore du chemin à parcourir. Un jour, il faudra aussi qu'Alain pardonne à Jeanne toutes ces années volées. Mais elle veut croire qu'une nouvelle vie s'annonce, lumineuse et pleine d'amour à partager.

Après une journée pleine de belles émotions, à échanger des anecdotes et à essayer de faire histoire commune, Romy est pressée de retrouver sa mère. Bien qu'il aurait été incongru que Jeanne soit présente dès ces retrouvailles, elle espère qu'un jour il lui sera possible de réunir autour d'elle tous les gens qui constituent sa famille. De plus, elle n'était pas à l'aise à l'idée de laisser sa mère seule. Quand elle rentre, elle a la bonne surprise de la trouver en grande conversation avec Daphné et Gary qui avaient finalement préféré, suite à l'accident de la veille, se remettre chez eux de leurs émotions. Leur bonne humeur à tous les trois fait plaisir à voir et tout soupçon de culpabilité s'efface aussitôt chez Romy. Elle est sur le point de s'installer à leurs côtés quand Daphné lui dit, avec un petit sourire en coin :

— Je suis stricte, d'habitude, sur la question des invitations extérieures, mais pour cette fois, je vais faire exception.

Romy la regarde, perplexe :

— Je comprends pas du tout de quoi tu parles…

— Y a un beau gosse qui t'attend dans ta chambre. Je crois que c'est le Père Noël qui l'a déposé…

L'air hilare du couple et de sa mère semble indiquer que sa chance a tourné, et pourtant elle n'ose y croire. Après un signe de la tête de Daphné, elle quitte la pièce et monte à toute vitesse les marches qui mènent à son logement.

Assis dans le fauteuil près de la fenêtre, il est bien là. Décontenancée par la présence de Justin, elle tente la dérision :

— Bonjour, je crains que les lutins du Père Noël se soient joués de vous et ne se soient trompés dans la livraison.

— Mince, je pensais pourtant que j'étais sur ta liste, ose Justin pour filer la métaphore.

C'est tellement inattendu, tellement inespéré de le trouver là après tous les rebondissements des derniers jours.

— Qu'est-ce que tu fais là ? demande-t-elle tout de même.

— Je suis venu voir si Daphné et Gary n'avaient pas un doggy bag pour moi.

Sous le regard médusé de la jeune femme, Justin éclate de rire :

— Pardon, c'est déplacé… j'avais oublié que Marie n'était pas un cordon-bleu. Théo et moi, on a déjà souffert pendant tout le réveillon… En plus, le pauvre, il est seul pour affronter ça, maintenant, ajoute-t-il dans un nouvel accès de rire.

Alors Romy se joint à lui.

— Merci d'avoir accompagné ma mère hier soir.

— Elle n'avait personne d'autre à joindre facilement, je pense. Le gîte étant à quelques pas de la librairie, elle n'a eu aucun mal à me trouver. J'ai toujours dit que c'était une riche idée d'habiter au-dessus de mon lieu de travail, conclut-il avec un clin d'œil.

Le malaise est perceptible entre eux, or personne n'ose aborder le seul vrai sujet.

Il se lève, s'approche d'elle, lui prend les mains tout en la couvant du regard. Elle aimerait dire quelque chose, mais depuis qu'il l'a repoussée après le dernier baiser à la librairie, elle en est incapable. Si quelque chose change, c'est à lui de faire le premier pas.

C'est alors qu'il se lance enfin :

— J'ai eu tellement peur. Déjà quand ta mère a annoncé que tu avais disparu avec tes affaires. On ne savait pas encore que tu avais profité du départ de Daphné et Gary pour te joindre à eux. Je t'imaginais avec cette neige qui ne faiblit pas. C'est bien le diable que ça tombe ainsi cette année. Alors quand, après avoir tourné dans un rayon assez restreint, ta mère a reçu cet appel des pompiers pour dire qu'il y avait eu un accident, j'ai bien cru que mon cœur allait s'arrêter dans tous les sens du terme.

Les yeux du libraire s'embuent à ces paroles.

— Je sais que je t'en veux, je sais que je vais avoir besoin de temps avant de te faire confiance à nouveau. Mais je sais surtout qu'aussi insensé que cela puisse paraître, je t'aime comme un dingue et je refuse de te perdre.

Romy le regarde avec tellement d'intensité que la neige autour d'eux pourrait fondre. Elle ne prononce toujours aucune parole.

— J'espère que ce n'est pas trop tard pour toi, ose-t-il, intimidé par le mutisme de la jeune femme.

Comme elle persiste dans le silence, il tente son dernier atout : une pointe d'humour.

— D'autant que Théo m'a menacé de ne pas m'ouvrir la porte si je revenais sans toi.

— Alors si c'est pour Théo, murmure-t-elle enfin en se lovant dans les bras de celui qui fait battre son cœur si fort.

Dehors, la neige qui ne devait attendre que cet heureux dénouement s'est remise à envelopper le village de sa douceur.

REMERCIEMENTS

Au moment où j'écris ces remerciements, cela fait huit ans que mon premier roman a été publié. Et, au fond de moi, il y a toujours cette petite voix, incrédule, qui s'étonne que tout cela soit possible.

Livre après livre, le noyau dur de mes lecteurs s'épaissit ; et je réalise la chance que j'ai d'écrire des histoires qui rencontrent leur lectorat.

Je veux remercier, en premier lieu, deux personnes : Sarah Rigaud et Fred Mars. Fred, pour avoir été le rouage indispensable et Sarah pour m'avoir accordé ta confiance pour ce texte, et m'avoir soutenue à chaque étape, depuis le projet jusqu'à la version finale.

Je remercie déjà les équipes de Chatterley dont l'énergie me porte, avant même la parution. Merci Charlotte, Ghizlaine, Eva et Solène, plus particulièrement.

Je remercie mon indispensable, Alexandra Avenel : mon œil de lynx, mon oreille avisée et ma relectrice tout-terrain. Mes livres te doivent énormément.

Je remercie également Manon Labarre, ma jeune collègue et amie, qui a posé son œil, frais et pointu à la fois, sur la première version du manuscrit.

Je remercie également tous ceux dont l'énergie et l'amitié me portent dans la vie et me permettent de trouver le souffle nécessaire à l'écriture.

Merci aux lecteurs, influenceurs dont la prescription me permet de faire un pas de plus à chaque fois.

Et pour finir en beauté, merci aux libraires, à ceux que je connais désormais et à tous les autres aussi, pour l'énergie que vous déployez à mettre les livres dans les mains des lecteurs. Ce roman vous est personnellement dédié.

Dernières parutions

Aly Martinez
From the Embers

Caroline Coiraton
Rue Saint-Honoré
Tome 1 – *Alma*

Chloé Walsh
Boys of Tommen
Tome 1 – *Binding 13*

Cindy Van Wilder Zanetti
La Clé d'Obsidienne
Tome 1 – *Fleur fantôme*

Grace Draven
The Fallen Empire
Tome 1 – *Phoenix Unbound*

J.L. Corolle
Malgré les épines

Kate Stewart
The Ravenhood
Tome 1 – *Flock*
Tome 2 – *Exodus*

Liz Tomforde
Windy City
Tome 1 – *Mile High*

Okéanos S.
Games
Tome 1 – *Le Croque-Mitaine*
Tome 2 – *La Faucheuse*

Pour en savoir plus sur l'actualité de Chatterley,
vous pouvez consulter notre site Internet
www.editionschatterley.fr
et nous suivre sur les réseaux sociaux
Facebook : Editions Chatterley
Instagram : @EditionsChatterley
TikTok : @chatterley_editions

Composition et mise en pages
Nord Compo à Villeneuve-d'Ascq

Achevé d'imprimer en septembre 2024
par Normandie Roto Impression s.a.s. à Lonrai
N° d'impression : 2403443

Imprimé en France

CHATTERLEY, 92, avenue de France 75013 Paris

C79104/01